张新颖

一九六七年生于山东，复旦大学中文系教授。曾获得第四届华语文学传媒大奖·文学评论家奖、第一届当代中国文学批评家奖、第六届鲁迅文学奖、第十届国家图书馆文津图书奖等多种奖项。

主要作品有：

中国现代文学研究著作《二十世纪上半期中国文学的现代意识》、《沈从文的后半生》、《沈从文九讲》、《沈从文与二十世纪中国》等；

当代文学批评集《栖居与游牧之地》、《双重见证》、《无能文学的力量》、《置身其中》、《当代批评的文学方式》、《来路》等；

随笔集《迷恋记》、《此生》、《有情》、《风吹小集》、《读书这么好的事》等。

张 新 颖 随 笔

风吹小集

张新颖 著

黄山书社

图书在版编目(CIP)数据

风吹小集/张新颖著.—合肥:黄山书社,2017.2
ISBN 978-7-5461-6237-9

Ⅰ.①风… Ⅱ.①张… Ⅲ.①随笔-作品集-中国-当代
Ⅳ.①I267.1

中国版本图书馆 CIP 数据核字(2017)第 024016 号

风吹小集
FENGCHUI XIAO JI

张新颖 著

出 品 人 王晓光
责任编辑 张月阳
装帧设计 观止堂_刘俊
出版发行 时代出版传媒股份有限公司(http://www.press-mart.com)
黄山书社(http://www.hspress.cn)
官方直营书店(http://hsssbook.taobao.com)
营销部电话:0551-63533768 63533788
(合肥市蜀山区翡翠路 1118 号出版传媒广场 7 层 邮编:230071)
经 销 新华书店
印 制 安徽新华印刷股份有限公司

开本 880×1230 1/32 印张 5.875 字数 125 千字
版次 2017 年 5 月第 1 版 2017 年 5 月第 1 次印刷
书号 ISBN 978-7-5461-6237-9 定价 26.00 元

目次

小花园

书的价值和价格

珍重和爱惜

小序

眼前的这一本随笔新集，所收短文，写于二〇一〇年到二〇一六年，不过是薄薄一册，也就没有必要在前面多啰嗦什么了。

取名《风吹小集》，似乎需要解释一下，又觉得费词无益，字面如能唤起吹吹风的感受，就很好了。本来这些文字，也多是风吹的回响吧。

张新颖

二〇一六年六月六日

复旦光华楼

不任性的灵魂

不任性的灵魂

我们大家内心都坐着那个长着红粉刺的
青年，渴望兴奋的语无伦次。
——约瑟夫 · 布罗茨基

一

约瑟夫·布罗茨基说，他用英语写作，是为了使自己更接近“二十世纪最伟大的心灵”：威斯坦·休·奥登。一九七七年开始，布罗茨基改用奥登的母语为文为诗，其时奥登已经去世四年，他的所为，只是想“取悦一个影子”。

奥登最初给布罗茨基的印象，是自我克制。那还是在俄罗斯时期，奥登的一行诗，让他见识了另外的“菜谱”：“由于我是靠吃俄语诗歌那基本上是强调和自我膨胀的食物长大的，故我立即就记下这个菜谱，其主要成分是自我克制。”“我可在这行诗中受益于这位诗人的，不是其情绪本身而是其处理方式：安静，不强调，没有任何踏板，几乎是信手拈来。”

这个印象随后不断深化，达至对谦逊品质的领悟。奥登有些近于闲聊的诗行，其实是，“形而上学伪装成普通常识，普通常识伪装成童谣对句”。这种个人谦逊，“与其说是由某个特别信条强加在他身上的，不如说是由他对语言本质的意识造成的。谦逊绝不是经过选择的”。在读了《悼叶芝》之后，布罗茨基意识到，奥登是比叶芝或艾略特更谦逊的诗人，有一颗比他们都“更不任性的灵魂”，同时，“其悲剧性恐怕一点不减”——但是，“他从不把自己放在悲剧画面的中心；他充其量只是表明自己在场”。

还有，奥登的脸。布罗茨基见过奥登的一张照片，似乎是在纽约的某座天桥上。“那样貌很一般，甚至平凡。这张脸没有任何特别诗意的东西，没有任何拜伦式的、魔性的、反讽的、冷峻的、鹰钩鼻的、浪漫的、受伤的之类的东西，反而更像一个医生的面孔，他对你的故事感兴趣，虽然他知道你有病。一张准备好应付一切的面孔，一张总面孔。”

等到他们第一次见面，布罗茨基问他对罗伯特·洛厄尔有什么看法，他回答说，“我不喜欢这样一些男人，他们总散发一股背后有一群哭泣的女人的气息”。

最后一次见面，是在伦敦斯蒂芬·斯彭德家中的晚宴上，由于椅子太低，女主人拿了两大卷《牛津英语词典》让奥登垫着。“当时我想，”——布罗茨基想——“我看到了唯一有资格把那部词典当坐垫的人。”

以上这些，都出自奥登一九八三年的文章《取悦一个影子》；如果要了解布罗茨基对奥登诗歌的具体见解，应该细读那篇著名的讲稿《论 W. H. 奥登的〈1939 年 9 月 1 日〉》，九十九行诗，布罗茨基一行一行地阐释，译成中文，大概三万字左右。这两篇文章都收入散文集《小于一》，黄灿然翻译了这本书，浙江文艺出版社二〇一四年出版。

但眼前这篇短文主要想说的，还不是布罗茨基眼中的奥登，而是奥登眼中的歌德。布罗茨基刻画出这么一颗“不任性的灵魂”，克制，谦逊，中性，平静，“他把自己的位置定得很低：实际的低，这意味着在众多人事中间”。借助布罗茨基对奥登的理解，或许更容易明白奥登对歌德的理解。理解，交织着许多重要的因素构成相互的关系，其中有认同，有投射。

二

奥登在一首纪念路易斯·麦克尼斯的诗中，吐露了一个愿望：“如果可能，成为一个大西洋的小歌德。” A minor Atlantic Goethe——只有伟大的心灵，才会这样平淡地自信和自我期许吧。

《序跋集》（黄星烨译，上海译文出版社，二〇一五年）里，有三篇关于歌德的文章，《维特与诺维拉》、《意大利游记》、《G 先生》，前两篇是歌德作品译本的序言，后一篇是书评。虽然这些文章都出于实际的功用而写，不是从整体上论述，不是奥登对歌德的全部理解，但基本的重点，的确都包含其中了。

歌德在大众中的声名，主要是他二十四岁时写的那本书贡献的，很多人大概也只读过歌德的这一本书，即《少年维特的烦恼》。奥登对此作的分析，精到处在于指出了歌德的无意识动机，正是这个无意识动机，才导致了歌德的变化。“这本小说在我看来是这样的艺术作品，小说作者的意识与无意识动机构成矛盾。意识动机表现在歌德对主人公的赞同态度，但是他的无意识动机却是为了治疗：他要光用语言来尽情放纵自己，让自己陷入主观情绪，就像狂飙突进运动标榜的那样，这样自我放纵的缺陷才会从他的体系里消失，他才能找到真实的诗性自我。”显然，奥登不会喜欢那个任性、除了他自己什么也不关心、自说自话把自己想象成狂热恋人的“小怪物”，也不会喜欢歌德意识动机里的赞同，他觉得这样的情绪泛滥是需要“治疗”的，而歌德正是无意识地用耗尽这样的主观情绪来自我“治疗”。

事实上，歌德也正是在此书带来的声名里发生了第一次人生危机。在奥登看来，这样的危机具有普遍性：“歌德当时领导的狂飙突进确实代表了情感的自发性……类似的运动在历史上常有发生，结局都大同小异：那些接受狂飙突进理念的人早年还能创造出卓越的作品，可后来如果不酗酒甚至自杀就日渐低落，许多人都是如此。一件艺术品如果让自然与艺术对立，那它一定会弄巧成拙。克尔恺郭尔口中的美学信仰指的是对于当下那一刻情绪的信任，按照波德莱尔的说法，这种信仰首先会让人‘乐于培养自己歇斯底里的能力，但同时又带着恐惧’，最终会让人绝望，所以，后来歌德也走到崩溃的边缘。”

就是在这个危机的当口，歌德选择到魏玛宫廷做公务员，此后不断升职，成为重要的大臣。关于歌德的这一经历，中国人耳熟能详的评价是，这是伟人身上庸俗的一面，天才和庸人集于一身。这个评价来自恩格斯，他在《诗歌和散文中的德国社会主义》中的这段话，经常在中文里被引用："在他心中经常进行着天才诗人和法兰克福市议员的谨慎的儿子、可敬的魏玛的枢密顾问之间的斗争；前者厌恶周围环境的鄙俗气，而后者却不得不对这种鄙俗气妥协，迁就。因此，歌德有时非常伟大，有时极为渺小；有时是叛逆的、爱嘲笑的、鄙视世界的天才，有时则是谨小慎微、事事知足、胸襟狭隘的庸人。连歌德也无力战胜德国的鄙俗气；相反，倒是鄙俗气战胜了他；他的气质、他的精力、他的全部精神意向都把他推向现实生活，而他所接触的实际生活却是很可怜的。他的生活环境是他应该鄙视的，但是他又始终被困在这个他所能活动的唯一的生活环境里。歌德总是面临着这种进退维谷的境地，而且愈到晚年，这个伟大的诗人就愈是 de guerre lasse（疲于斗争），愈是向平庸的魏玛大臣让步。我们并不是责备他做过宫臣，而是嫌他在拿破仑清扫德国这个庞大的奥吉亚斯牛圈的时候，竟能郑重其事地替德意志的一个微不足道的小宫廷做些毫无意义的事情和寻找 menus plaisirs（小小的乐趣）。"

奥登的理解，全然不同。他是从歌德生命的发展过程、自我救治的需要、不断学习的渴望着眼的，而不是本质性地认定歌德身上本来就有类似于天才和庸人这样对立的东西纠缠不休。"很难想象这个年轻的诗人，生活上足够富裕，爱干什么就干什么，却选择去一个小小的宫廷当公务员，而不是去意大利散心。歌德出于本能做出这样的选择，他天生就知道正确的前进方向，这种出色的能力伴随了他一生。在政府谋职，他不能随心所欲，只有限制自由才能从以往无意义的存在中脱身。这样一来，他的主观情绪就得到了控制，因为除了他自己以外，他还要为他人负责，要替人办事，这就是魏玛给他的财富。”也就是说，魏玛的经历，使他“做好了不受个人情感影响担负起责任的准备”。

歌德中年时写过这样的诗，显然只能是已经克服了《少年维特》时代的狂飙突进情绪之后，才会如此“不任性”：“若徒有放任习性，/ 则永难至境遨游。/ 非限制难见作手，/ 唯规矩予人自由。”

三

从以自我为中心的情绪、感情的控制下解脱出来，学会克制，也即意味着学习把它放到适当的位置，放到众多的人事之中，放到世界之中。这个时候，才可能看到世界。

奥登抄录了歌德给一个年轻作者的信中的这么一段：“直到目前为止他都自顾自只写主观的现代诗，一直沉迷于此。只要是和内心体验、情感、性情相关的内容，或者是关于这些的思考，他都很拿手，于这些相关的主题他也能处理得很出色。可是处理任何与实际客观物相关内容的能力他还很欠缺。……我给这个年轻人布置的题目是：假设他刚回到汉堡，如何描绘一下这个城市。他一开始的想法是写写他多愁善感的母亲，他的朋友，他们之间的亲情友情，如何有耐心、互帮互助等等。易北河还是静静流淌，也没城市和停泊港口什么事，他甚至连拥挤的人群都没提一句——这样的汉堡和农伯格、和梅泽堡又有什么区别。我直截了当把我的想法告诉了他，如果他面面俱到写这个伟大的北部城市本身，另外加上对家庭的情感，那么他就成功了。”

歌德自己的写作，奥登特别注意到他称之为“非文学实践”的部分。与传统描述事物的方法不同，歌德“故意把感知与情感的部分分开”，尽全力“来描写事物的确切形状与色彩，以及相对其他物品的确实空间位置”，歌德追求感知的“精确性”，关注事物如何发展到当下的状态。“对歌德来说，如果见到美丽的白云，却不知道，或者不想知道任何气象学知识，见到美丽的风景，却没有地理知识，见到一株植物，却不去研究它的构造与生长方式，见到一具人体，却不懂什么解剖学，观察者就作茧自缚地把自己锁进主观审美的情绪里，他认为这是同时代作家易犯的恶习，总是对此进行谴责。”

歌德学习绘画，“不是为了成为画家——他从来没妄想过自己会成为严肃的艺术家——而是为了学会遵守规则。绘画是训练思想专注于外部世界的最佳方法”。

歌德晚年的作品，只有几部受到欢迎，而一些最优秀的作品，比如《罗马哀歌》和《西东合集》，却乏人问津。但是歌德生前就举世闻名，在人生最后的二十五年，他本人甚至成为国际“旅游景点”，去欧洲旅游的人免不了在日程上写下“拜访”歌德这一项。“歌德如何从不甚了解他的人群中得到这样的名誉”，对奥登来说是一个谜团。

“大多数人拜访他就因为他是那本书的作者”——那本书就是他年轻时候写的《少年维特的烦恼》——奥登觉得，这是非常“古怪”的；用布罗茨基的说法来解释这一现象，即“人类对不成熟的依恋”。

布罗茨基是在谈到奥登晚年处境时，表明了这个尖锐的洞察。“奥登作为一个诗人的悲剧性成就，恰恰是他使他的诗歌脱去任何欺骗的水分，不管是雄辩家的水分还是诗人的水分。这类事情不仅使他疏离学院教职员工，而且疏离诗歌同行，因为我们大家内心都坐着那个长着红粉刺的青年，渴望兴奋的语无伦次。”

二〇一六年一月十五日

生活从来不是需要去加工的材料

一九八七年二月，我在五角场新华书店买到了《日瓦戈医生》。这部小说，在一九八六年六月召开的第八次全苏作家代表大会上，还提出要及早在苏联国内出版；中文本当年年底就有了。我读的是漓江出版社那套影响很大的“获诺贝尔文学奖作家丛书”中的版本，力冈、冀刚根据早年巴黎俄文本翻译的。我还记得，为译本写前言的薛君智曾来复旦讲座，在二教的一个小教室里，听的人不多。

二〇一二年，上海译文出版社新出《日瓦戈医生》，是白春仁、顾亚铃旧译（一九八七年出版过）的修订本。我又重新读了一遍。当年读这本书时二十岁，能体会多少东西？那个年代一下子涌进来那么多新奇的、异样的、感受千差万别甚至于互相打架的文学、艺术、思想，令人应接不暇不说，年轻的心灵过于迫切，急匆匆地从甲到乙到丙到丁，一路风景扑面，一路呼啸而过。过后细想，不能说只是一个时代的兴奋，兴奋过后两手空空，实际的收获还是有，而且不能说少，但体会得不够深切，没有足够的耐心等待融会化合，却是显然的。也许青春就是这样？二十五年后再读《日瓦戈医生》，注意力不由自主地放在了一个朴素到不能再朴素的东西上：生活。我要说，这是一部捍卫生活的书。

“人来到世上是要生活，而不是为生活做准备。”日瓦戈对拉拉谈到变革的混乱，谈到有些人喜爱变革的混乱局面，他们忙得不可开交，无休无止地准备——本质上是因为他们平庸。“生活本身，生活现象，生活的恩赐，都十分诱人却又非同小可。既然如此，干吗要用幼稚杜撰出来的蹩脚喜剧，去冒充生活呢？就像让契诃夫笔下天真无邪的人们出逃美洲这种荒唐的事儿。”

在他们杜撰出来的剧本里，生活只存在于未来，当下不仅要为未来的生活做准备，做牺牲，而且更要改造从过去绵延到现在的生活。日瓦戈本来赞同“革命”，认为“革命”是一次漂亮的“外科手术”，但在亲历为了“崇高生活的理想”而血流成河的现实之后，而且看到这样的现实还将无止境地进行下去之时，他不能自抑地向游击队长激烈抗辩道：“每当我听到改造生活，我就失去自制力而陷入绝望。”“改造生活！能讲出这种话的人们，即使很有生活阅历，也是从来没有认识生活，没有感觉到它的精神，它的灵魂。对他们来说，生活只是一团粗糙的、没有经过他们雕琢而变得精细的材料，这材料正需要他们去加工。但是生活从来不是什么材料，不是什么物质。我可以告诉您，生活是个不断自我更新、总在自我加工的因素，它从来都是自己改造自己。它本身就比我的您的那些蹩脚的理论，要高超得多。”

今天来读这段话，一个有生活实感经验的人，反省的应该不仅仅是已经“告别”了的“革命”、“革命理论”和“革命实践”，还应该就是我们现在的切身的时代。不断地有新的各种各样的理论、观念、潮流“应运而生”，它们已经损害而且还会继续损害生活，多少人的生活就是被这些貌似正经的名堂淹没了。甚至就是词语，也很容易就被变成了伤害生活的最简便的武器。“现在在俄罗斯是否存在现实呢？我认为现实被人们吓破了胆，躲了起来。”模仿日瓦戈的这个句式，也许可以说：现在我们是否还有自己的生活呢？生活也许就被那些名堂吓破了胆，躲了起来。但我更想说，生活也许根本不屑于那些五花八门的名堂，抽身而去了。让那些热衷于理论、潮流、观念、词语的人“高于生活”地在半空中自以为是吧。

有一段短暂的岁月，日瓦戈一家避居于西伯利亚一个荒僻的农舍，辛苦劳作之余，还能沉浸于诗和小说的阅读。在此期间，日瓦戈写了一些札记。这些札记是我所喜欢的篇章。这个时期的日瓦戈，终于可以摆脱平庸的高调，回到寂静无语的自然和默默无闻的劳动之中，享受难得的平静。其中有这样一段：“在俄罗斯全部气质中，我现在最喜爱普希金和契诃夫的稚气，他们那种腼腆的天真；喜欢他们不为人类最终目的和自己的心灵得救这类高调而忧心忡忡。这一切他们本人是很明白的，可他们哪里会如此不谦虚地说出来呢？他们既顾不上这个，这也不是他们该干的事。”这两位作家，“终生把自己美好的才赋用于现实的细事上，在现实细事的交替中不知不觉度完了一生。他们的一生也是与任何人无关的个人的一生。而今，这人生变成为公众的大事，它好像从树上摘下的八成熟的苹果，逐渐充实美味和价值，在继承中独自达到成熟”。

帕斯捷尔纳克喜欢普希金和契诃夫，他借日瓦戈表明了喜欢的重点所在。在帕斯捷尔纳克看来，几乎所有的俄国作家都对读者说教，契诃夫却是个例外。“终生把自己美好的才赋用于现实的细事上，在现实细事的交替中不知不觉度完了一生。”这，不是伟大的人物容易做到的，也不是平凡如你我这样的普通人容易做到的。

《日瓦戈医生》一九五八年首先在意大利出版，同年诺贝尔文学奖授予帕斯捷尔纳克，以赛亚·柏林当时即指出“铁幕两边出于政治宣传目的对该书粗俗而又可耻的滥用”，使人忽略了这部杰作的文学品质，它的主题“与大多数人的生活（人的出生、衰老和死亡）密切相关”。一九九五年，柏林再谈此书，特别赞叹书中的爱情描写无与伦比。柏林做了广泛的对比：“爱情是多数小说的主题。尽管如此，伟大的法国小说家们所提到的爱情经常指的是痴迷，一种发生在男人和女人之间的短暂的，有时甚至是对立的相互戏弄。在俄罗斯文学中，在普希金和莱蒙托夫那里，爱情是一种浪漫激情的迸发；在陀思妥耶夫斯基那里，爱情是苦涩的，并交织着宗教的以及各种其他心理的情绪；在屠格涅夫那里，是对黯然结束的充满失落与痛苦的昔日爱情凄婉的描述。在英国文学中，在奥斯汀、狄更斯、乔治·艾略特、萨克雷、亨利·詹姆斯、哈代、D. H. 劳伦斯那里，甚至在艾米莉·勃朗特那里，有的是满足了的或是没有满足的追求、渴望与期待，有的是不幸爱情的悲伤，有的是占有欲引来的嫉妒，有的是上帝之爱、自然之爱、财产之爱、家庭之爱、可爱的同伴之爱、信仰之爱，以及对未来幸福生活的魅力之爱。然而那种充满激情、义无反顾、全身心投入、毫无保留的，把世间万物都抛诸脑后的两情相悦的爱情已经难得寻觅了，我几乎只是在托尔斯泰的《安娜·卡列尼娜》（而不是在《战争与和平》或其他名著）那里，接着便只是在这部《日瓦戈医生》中，才找到了这样的爱情。正如那些曾经真正经历过爱情的人们所熟知的那样，这部小说反映的是一段真正的爱情经历；自莎翁以来还从未有人把爱情表达得如此充分、生动、细腻和恰到好处。”

柏林毫无保留的赞誉之词，并没有完全说明白日瓦戈和拉拉之间是什么样的爱情。小说中有三段谈论爱情的话，出现在下卷的不同章节中，与这里谈的生活有关。

一段是，日瓦戈对拉拉说：“我想，倘若你没有这么多苦难，没有这么多抱憾，我是不会这么热烈地爱你的。我不喜欢正确的、从未摔倒、不曾失足的人。他们的道德是僵化的，价值不大。他们面前没有展现生活的美。”拉拉回应说：“我讲的就是这个生活美。我觉得要想看到生活的美好所在，必须有纯真的想象力，有天真的感受。而我恰恰被剥夺了这个。如果不是从一开始就透过别人庸俗的眼光看待生活，也许我本来会形成自己的生活观。”——但拉拉从开始的泥淖中一步一步走了出来，她自身就内生着一股强韧的向上的力，在幅度宽大的人生经验中切身体会生活的美，这样才和日瓦戈走到了一起。

此前有一段是：“使他们结合在一起的，不只是心灵的一致，更为重要的是他们俩与其余世界之间的鸿沟，两人都同样地不喜欢当代人身上非有不可的那些典型特征，不喜欢当代人那种机械性的兴奋、大喊大叫的激昂，还有那种致命的平庸。”这些“非有不可”的典型特征，正是损害生活的东西，当然也更是损害生活中的爱情的东西。

全书快要结束的时候，在“完结”这一章，还有一段话，叙述日瓦戈去世之时，拉拉回想这场爱恋，“是何等的海阔天空”：“他俩相爱，不是由于难解难分，不是像有人胡写的那样‘为欲火熬煎’。他们相爱，是因为周围的一切希望如此，这里有他们脚下的大地，他们头上的天空、云朵和树木。他俩的爱情得到周围人们的喜欢，那程度恐怕胜过了他们自己对爱情的欣喜。为他们的爱情感到喜悦的，还有街上的陌生人，无限伸展的远方，他们定居和幽会的房间。”他们感受的爱情，同置身其中的大自然、同整个世界息息相关，融于也属于整个宇宙。大自然、世界、宇宙，不只是生活的场所，它们就是生活赖以发生和展开的根源；甚至不妨把它们就看作生生不息的生活本身。人试图凌驾于它们之上，把它们当作粗糙的原材料进行加工改造，不过是可怜的杜撰，以高调形式表现出来的致命平庸。

二〇一二年五月八日

回过头来，回到实感经验之中

我的导师贾植芳先生二〇〇八年四月去世，已经两年多了。这两年我常常不由自主地回想在贾先生身边二十年的往事，零零星星，散漫无羁。有一些原以为不会有多大意义的小事、细节、神情、片言只语，总是顽固地浮现，一而再再而三，好像是说，你得明白。慢慢地，我似乎也多少有些明白了，一点一点地，一层一层地明白。譬如说，我曾经有四年的时间在报社工作，那期间先生对我常说的一句话就是，你们的报纸不好看，没有社会新闻。抱怨报纸不好看，这很普遍，也都心知肚明；但贾先生的抱怨，在政治意识形态之外，另有一个指向。“没有社会新闻”，是意识形态控制的一个结果，但也不能全赖在这上面。因为我所在的那张“知识分子的报纸”，比其他的报纸更没有“社会新闻”。也就是说，“知识分子”的观念、趣味、意识、方法，自觉不自觉地排斥了“社会新闻”，这里面有自以为是的“高雅”对粗糙的、“低俗”的、“上不了台面”的社会生活的傲慢与偏见。这个“原始”的、乱糟糟的、莫名其妙的、匪夷所思的实在的经验世界，不是“知识分子”、“文化人”、“精英”所乐见的，他们习惯上所乐见的，是经过了去粗取精过程之后形成的东西，是经过整理、阐释、概括、提炼、升华之后形成的东西，总之是实感经验经过人为的“合理化”改造之后形成的东西，与实感经验之间，已经“隔开”了。很长一段时间我不能理解贾先生为什么要搜集各种各样的小报来读，也不明白他为什么常常去买地摊上粗制滥造的书刊。现在，我想通了其中的一点。

从报纸说到文学，文学应该如何面对实感经验？与贾植芳先生“同案”（“胡风反革命集团案”）的王元化先生，借助于对黑格尔“知性不能掌握美”的理解，斩钉截铁地表达了这样明确的思想：“文艺作品不能以去粗取精为借口舍弃生活的现象形态。相反，它必须保持生活现象的一切属性”；知性的分析方法“肢解了事物的具体内容，使之变成简单的概念、片面的规定、稀薄的抽象。”（《读黑格尔》，新星出版社，二〇〇六年）王先生说这些话是在一九八二年，不只是讨论理论问题，而且针对了文艺创作实践的历史教训和当时的状况。直到今天，这种针对性仍然没有丧失，因为在我们现在的创作中，实感经验变成了“简单的概念、片面的规定、稀薄的抽象”的情形一直存在。

王元化先生关于知性的说法源于马克思在《政治经济学批判导言》里面的一段话，讲的是研究的过程和阶段，我们借用来观察实感经验和文学形式的关系，也会有启发性。“我如果从人口着手，那么这就是一个混沌的关于整体的表象，经过更切近的规定后，我就会在分析中达到越来越简单的概念；从表象中的具体达到越来越稀薄的抽象，直到我达到一些最简单的规定。于是行程又得从那里回过头来，直到我最后又回到人口，但是这回人口已不是一个混沌的关于整体的表象，而是一个具有许多规定和关系的丰富的整体了。”马克思描述了从开始——经过中间阶段——再回过头来回去的过程，我们的问题是，我们的文学观念往往只强调从开始到中间阶段的“上升”，“上升”到那里之后，就停在那里了，停在了半空中。再回过头来重新回到丰富的实感经验之中，没有这个意识、方法和能力。

我曾经写过一篇短文，题为《如果文学不是“上升”的艺术，而是“下降”的艺术》，就是针对这种常见的“上升”到半空中的创作而言的。我们着迷于、致力于从生活“上升”为“艺术”。可是，“上升”到了一定的“高度”，还想继续“上升”，却又“上升”不了，怎么办？马克思的方法是，“行程又得从那里回过头来”。下来，回来，“下降”到地面，“下降”到丰富的实感经验之中，回到最初的出发点；而最初的出发点，“混沌的关于整体的表象”，用马克思的话说，已经变为“一个具有许多规定和关系的丰富的整体了”。原来，回过头来重新回去的过程并非倒退，其实也是继续向前的过程，“下降”也即“上升”。

古老的辩证法和箴言：上升的路和下降的路是同一条路。

二〇一〇年十一月二十一日

出处

一

苏童的长篇《河岸》，叙述的是一个少年“文革”期间的遭遇。用什么样的语言，来书写那段野蛮、暴虐的历史？仍然是苏童一贯的语言风格，敏感，细腻，雅致，意象纷呈，舒缓低调而蕴蓄着心思和感情。这样的语言本身就和那段历史构成了巨大的反差，语言本身的批判能量甚至超过了作品所叙述的具体内容的能量。语言和语言所叙述的历史对峙，形成了作品根本性的张力结构。

小说家苏童其实同时是一个诗人，尾声部分写了这么一段文字：

> 河底也是一片茫茫世界，乱石在思念河上游遥远的山坡，破碗残瓷在思念旧主人的厨房，废铜乱铁在思念旧时的农具和机器，断橹和绳缆在思念河面上的船只，一条发呆的鱼在思念另一条游走的鱼，一片发暗的水域在思念另

一片阳光灿烂的水面。只有我在河底来来往往，我在思念父亲，我在寻找我的父亲。

河底的这些物件，乱石、破碗残瓷、废铜乱铁、断橹和绳缆，“在思念”它们曾经所在的环境、所是的状态，“在思念”它们遭受毁坏之前的存在的完整性、有机的关系和正常的秩序。读到这里，我不能不想到冯至的一首十四行。在复旦《河岸》的研讨会上，我的老师李振声说，这段文字通灵，很有可能将冯至诗歌的意境化解进去了。

苏童却说，他没有读过冯至的这首诗。

读过，好；没读过，也好。没读过，也就是说不存在“事实上”的出处，自出胸臆，而心思相通。对于我这个每年都要在课堂上讲《十四行集》的苏童读者来说，小说中的这段文字必然唤起熟悉的冯至诗句。是《十四行集》的第二十一首，写暴风雨的夜里，灯光下孤单的我们，“就是和我们用具的中间/ 也有了千里万里的距离”：

铜炉在向往深山的矿苗，
瓷壶在向往江边的陶泥，
它们都像风雨中的飞鸟

各自东西。

在那个分崩离析的战乱年代，文明和文明的造物被毁和自毁，一切似乎都要退回到粗暴野蛮的时期。铜炉、瓷壶，“在向往”的是未经形塑的原始状态。这些用具“在向往”的，和苏童小说中的破碗残瓷、废铜乱铁“在思念”的，方向上恰好相反，因为它们的“现状”如此不同：冯至的用具尚完好无损，而小说中的用具已经破、残、废、乱。小说中的历史，也正是破、残、废、乱。

冯至的诗，却是有出处的，出自他一生都念念不忘的奥地利诗人里尔克。里尔克的《时辰书》里有这样的句子：

金属元素在思乡。它渴望
离开那引领它误入迷途的
钱币和轮箍。它
拒绝工厂和金库，
拒绝照卑微的样子被熔化，
而复归那山中打开的矿脉，
然后，山将再一次关起来。

冯至一直都坦承并且感念里尔克对自己的影响。但当他写铜炉、瓷壶“在向往”的时候，一定就想到了里尔克的金属元素“在思乡”吗？长期沉浸在里尔克的思想和作品里，同感、共通的东西也许不需要刻意去追摹某些词语、意象、句子来表达吧，有形似、神似之处，其实也很自然。

假如我们读冯至的诗而并没有联想起里尔克的句子，会有什么妨碍理解吗？我觉得不会。我甚至还要说，单就这些相类的诗句来说，冯至写得比大诗人里尔克好。

二

玛格丽特·杜拉斯的《情人》，开篇那一段，是不是“模仿”了叶芝的诗？《当你老了》太有名了，如果杜拉斯写作那段文字的时候没有想起来，难保读者也想不起来。再读一遍这个开篇吧，不仅是重温杜拉斯，也是重温王道乾非同一般的译笔：

> 我已经老了，有一天，在一处公共场所的大厅里，有一个男人向我走来。他主动介绍自己，他对我说：“我认识你，永远记得你。那时候，你还很年轻，人人都说你美，现在，我是特为来告诉你，对我来说，我觉得现在你比年轻的时候更美，那时你是年轻女人，与你那时的面貌相比，我更爱你现在备受摧残的面容。”

如果这个男人的语言唤醒了就在我们意识浅层轻眠的叶芝诗句，这大概不是太难的事吧：

> 多数人爱你年青欢畅的时候，
> 爱慕你的美丽、假意或真心，
> 只有一个人爱你那朝圣者的灵魂，
> 爱你衰老了的脸上的痛苦的皱纹；

当然，杜拉斯的文字未必和叶芝的诗有“事实上”的关联；而叶芝的诗，却是有出处的：十六世纪法国诗人龙沙《致埃莱娜的十四行诗》中的一首。这早就不是秘密，比这重要得多的，是叶芝创造性地超越了龙沙。

《当你老了》现在有名到像是公共财产的地步了，谁用了也心安理得，别人犯不着大惊小怪。经典不就是公共财产吗？水木年华的歌《一生有你》唱响的时候，谁会计较有没有“袭用”的成分：“多少人曾爱慕你年轻时的容颜/ 可知谁愿承受岁月无情的变迁……”

经典不怕模仿、挪用、抄袭、改头换面，这样的做法不但对经典丝毫无损，反倒加强和巩固了经典的地位；经典也不怕曲解、嘲弄、对抗、憎恨、吐口水，它对“影响的焦虑”下的种种极端行为报以微笑。经典也不在乎故意的遗忘、有心的视而不见、自觉的绕道而行，你假装它从来不曾存在，可它，还是存在啊，而且从它诞生之后，一直都在。

二〇一一年四月三十日

伟大作家的回报

——读 T. S. 艾略特演讲札记

T. S. 艾略特的《批评批评家》（上海译文出版社，二〇一二年）收文九篇，除了早期的两篇论文，其他都是后期的演讲。七十三岁那年他在用作书名的那个演讲中说，他早期的文章给人印象深，却难免武断；后期的文章可能更公正，影响却减弱了。“读者都喜欢十分自信的作者，”——这样的作者坚信真理在握，要么激情澎湃，要么义愤填膺——“就连老练的读者也不例外。”不过，你可千万不要以为时间和阅历只会消磨气势和冲击力，它们还会增加更多，不止是宽容，更重要的是淘洗掉了浮华，显现出慢慢沉淀下来的更丰厚、更基本的东西。而且，你听他心平气和地讲，在更长的生命跨度里比较、衡量、澄清，会觉得平易而踏实地表达思想和见解，和急迫的、辩驳的、使人震惊的方式比起来，更为持重和诚恳，也更为宽阔和自由。

这里简述两个问题，中国当代文学也曾经关心过这样的问题，我们读起来或许会有更深一些的感受和启发。

一、“纯诗”已经尽其可能

一九四八年，艾略特六十岁，他做了一个题为《从爱伦·坡到瓦莱里》的演讲，来讨论现代诗歌传统中一种萌芽于爱伦·坡而成熟于瓦莱里的“诗艺”，这种“诗艺”与“纯诗”的观念和理论目标紧密相联。

艾略特说：“爱伦·坡才华出众，这无可否认，但是在我看来，这只是一个天赋极高、尚未进入青春期的少年的才华。他强烈好奇心所表现出来的形式只是那些懵懂孩童的心中乐事：自然、力学和超自然的奇迹，密文和暗号，谜语和迷宫，机械操作棋手以及迸发的各种奇思妙想。他好奇心的多样性和强烈感令人快乐，叫人惊叹；可是他趣味上的怪异离奇和杂乱无章最后却令人疲倦。他所缺乏的正是那种赋予成人庄重感的始终如一的人生观。……他缺少的不是智能，而是心智的成熟，这种成熟只有随着人整体上的成熟、各种情感的发展和协调才能获得。”

爱伦·坡影响了三位重要的法国诗人，波德莱尔、马拉美和瓦莱里。波德莱尔从爱伦·坡那里看到了这样的观念：“诗歌除了其本身应当什么都不考虑”；马拉美的兴趣在诗歌技巧上；瓦莱里最为激进，他甚至认为连诗歌本身也不重要——比起产生诗歌的创作行为，后者更让他着迷不已。“写诗的时候，我在做什么？”这样的问题正是爱伦·坡《创作哲学》的聚焦点，它为瓦莱里提供了一种方法和一项工作——观察自己的写作。艾略特发现，瓦莱里“不再信赖诗歌目标，只对创作过程感兴趣。很多时候，他不断地写诗，好像仅仅是因为他对写作中自己的内省式观察感兴趣。”

艾略特描画出了“纯诗”的理论目标发展到极致而陷入“精神自恋”的脉络。本来，“所有的诗歌都来源于人类与自身、他人、神明和周围世界之间的关系中产生的情感经历”，最初，人们也许只注意诗歌主题；后来的时期，慢慢开始意识到文体风格；再进一步的阶段，就是主题变得不重要，或者说“作为手段它是重要的，但其终极目的是诗歌。主题为诗歌而存在，而不是诗歌为主题而存在。”这是诗的“自我意识”的不断增强过程，可是如果沿着这个方向无限发展，几乎不可避免地导致诗的“自恋”，而“自恋”到头来也会变成沉重的负荷：“至于未来，一种合理的假设认为，这种自我意识的进步，这种在瓦莱里身上发现的对语言的过度警觉和过分关注，会因重荷的不断增加而使人类大脑和神经变得不堪忍受，最终必将土崩瓦解。”

平心而论，艾略特承认，首先，从爱伦·坡到瓦莱里的诗学传统中，涌现了他极为赞赏和喜欢的现代诗歌；其次，这种传统代表了那百年中引人关注的诗歌意识的发展；最后，这种探索行为本身很值得重视，应该去探究诗歌所有的前途。但说到将来，他还是断言，这种“诗艺”已经尽其可能得到了发展，耗尽了活力，“这种美学对后来的诗人不会再有任何帮助。”

二、伟大作家的回报

艾略特二十二岁那年就深深受益于但丁，“尽管我当时对他的语言只是粗通皮毛，却不惜绞尽脑汁揣摩他的诗句。随着年岁渐长，这位诗人一直为我解忧，不断让我惊奇……但丁遣词造句，箭无虚发，直中靶心，那种惊人的简练和直接，在我青年时代形成了一种有益的矫正力量，因为那时的我对伊丽莎白时代、詹姆斯时期和查理时期作家们的那种华丽铺张也相当迷恋。”（《批评批评家》）

四十年之后，艾略特演讲《但丁于我的意义》，说“但丁的影响，在其真正强的地方是一种积累性的影响：也就是说，随着年龄的增长，它对你的控制就越大。”这也正是伟大作家不同于次要作家的地方，次要一点的作家能够在某人生命的某一阶段给予示范或引导，伟大作家的意义不只是有益于某时某地某人的。艾略特从技艺、语言、感觉力的探索三个方面来论述伟大作家之伟大所在，后两点尤其能真正大处着眼，语重意明。

“但丁在意大利文学中的地位只有莎士比亚在我们文学中的地位可比。换言之，他们使各自的语言的灵魂具有形体，使自己符合他们遇见的那种语言的诸种可能性……传给后人自己的语言，使之比自己使用前更发达、更文雅、更精细，那是诗人作为诗人所能达到的最高成就。”艾略特并不遗憾一种文学因拥有一个但丁或莎士比亚而付出的代价：后来的诗人得找点其他事来做做，事情较为次要，也应满足。“至高无上的诗人就是屈指可数的几个人，没有他们，一个拥有伟大语言的民族现今通行的话语就不会是那样。……我说的是他为身后每一个说那种语言、以它为母语的人所做的事，不论他们是诗人、哲学家、政治家还是火车站的搬运工。”

伟大作家能够大大扩展情感和知觉范围的宽度，用光谱和音域的比喻来说，就是“不仅应该在正常视力和听觉范围内能比其他人更明晰地感觉和分辨色彩或声音；而且他还应该觉察到普通人觉察不到的震动，有能力使人们互相之间看见和听到更多，没有他的帮助情况就不是这样。”一方面，在伟大作家自己，“有责任探索未被说出的东西，并寻找词语来捕捉人们甚至难以感觉到的感情，感觉不到乃因没有词语来形容。”另一方面，“一位跨越了通常意识边界的探索者，如果始终不忘他的同胞公民已经熟悉的现实，必须能够转回来向他们汇报。”

一个伟大作家在语言上和在感觉力探索上的重大成就，不仅仅表现在他个人所达到的至高境界，还表现在，他能够“转回来”，向普通人“汇报”和回报：回报给他们更好的语言为他们所使用，回报给他们更宽广的情感和意识为他们所感知，拓展他们精神的边界。

什么是伟大作家？有的作家，在语言和感觉力上因为天才而发展出一种个人特有的风格，这种天才只能为他个人所享用，而对后来的人没有多大用处，这还算不上但丁和莎士比亚意义上的伟大作家。伟大作家有能力转身回报，不仅回报给他所从事的文学和这个领域中的后来者，而且回报给他的民族中的普通人以及普通人的后代，这是最重要的标志，也是最难企及的顶峰。

二〇一二年九月十七日

T. S. 艾略特和几代中国人

《艾略特文集》五卷（陆建德主编，上海译文出版社，二〇一二年）出版，翻阅书页，触发我想起二十世纪中国文学史中的一些诗文人事，连绵蜿蜒到今天，已经是历几代人而起起伏伏了；却都如在眼前，萦绕不去。

一

一九二八年，徐志摩在《新月》第一卷第四期发表了一首题为《西窗》的诗，这首诗有一个引人瞩目的副标题，“仿 T. S. 艾略特”。如果我们今天感到有些诧异，那也是正常的反应，因为这两个人的诗风、气质和精神，实在不是一种类型。

但倘若你以为那个年代“幼稚”的汉语新诗里就不可能出现 T. S. 艾略特式的创作，就可能犯了一般推论的毛病。一九三〇年间，孙大雨在纽约、俄亥俄的科伦布和回到中国初期的日子里，雄心勃勃地写出了将近四百行长诗《自己的写照》，虽然没有完成原计划的一千余行，但已经非同凡响。长诗的主角是现代文明的巨子、庞杂而畸形的纽约，诗中各种相异的力量互相冲撞，又彼此缠绕；现代世界真正的奇异和神秘，深藏和活跃在杂乱无章的日常情景之中。T. S. 艾略特后来说他从波德莱尔那里得益，主要在于这样的启发："他写当代大都市里诸种卑污的景象，卑污的现实与变化无常的幻境可以合二为一，如实道来与异想天开可以并列。"（《但丁于我的意义》）孙大雨从 T. S. 艾略特那里得益，差不多也可以这样描述（当然不止于此）。《自己的写照》诗行的推进，模拟飞驰在黑暗中的地铁节奏，而"大站到了，大站到了"的催促声，不由使人联想起《荒原》中的"时间到了，请赶快/时间到了，请赶快"，异曲同工地泄露出川流不息的知觉所意识到的现代时间带给生命的压抑和紧张，人在无限增长的速度中迷失自己。不过，孙大雨的诗似乎出现得太早，对于一九三〇年代初的中国诗坛来说，还没有充分准备好接受和理解这样令人不知所措的创作。一九九三年，我的老师李振声写《孙大雨〈自己的写照〉钩沉》，虽然无从弥补历史的遗憾，但发掘遗漏重新阐释，多少能够让我们感受到那个年代一个年轻的中国诗人对英美现代主义诗歌的强烈回应。

一九三一年徐志摩在北京大学上英诗课，讲浪漫主义，特别是雪莱，底下一个学生卞之琳听的感觉是，天马行空，天花乱坠。徐志摩不幸飞机遇难，代替这门课的叶公超别开生面，大讲现代主义诗歌。后来叶公超还让卞之琳翻译了 T. S. 艾略特的《传统与个人的才能》，发表在一九三四年的《学文》创刊号上。卞之琳坦言，现代主义的诗歌和诗论，影响了他三十年代的诗风。

在清华大学外国文学研究所读研究生的赵萝蕤，听过美籍教授温德（Robert Winter）详细地讲解《荒原》，一九三六年年底戴望舒听说她试译过《荒原》的第一节，就约她把全诗译出，由上海新诗社出版。叶公超写了一篇序言。卢沟桥事变前一个月，赵萝蕤在北京收到样书。这本书计印行简装三百本，豪华五十本。多年之后，一九四六年七月九日，T. S. 艾略特请赵萝蕤在哈佛俱乐部晚餐，送给她两张签名照片，两本书：《1909—1935诗歌集》和《四个四重奏》，前一本的扉页上，写着："为赵萝蕤签署，感谢她翻译了《荒原》。"晚餐后T. S. 艾略特为赵萝蕤朗读了《四个四重奏》的片段。他希望她能翻译这首诗。

二

从赵萝蕤和卞之琳各自的初始接触现代主义作品、接受其影响从而进行研究、翻译或创作的个人经验，我们多少可以遥想一下当时清华和北大讲授西洋近现代文学的情形。后来，这样的情形就渐成气候，它把尚嫌孤立、微弱的个人经验连接起来，唤起一群青年互相呼应的现代感受和文学表达。这一时期，就是这两所学校和南开大学合并而成的西南联大时期，在讲授传播西方现代主义文学方面特别应该提到英籍讲师燕卜荪（William Empson）的《当代英诗》课。

从当年的学生王佐良的回忆中，可以看到燕卜荪讲课的方式："他只是阐释词句，就诗论诗，而很少像一些学院派大师那样溯源流，论影响，几乎完全不征引任何第二手的批评见解。”这样做的结果，就逼迫他的学生们“不得不集中精力阅读原诗。许多诗很不好懂，但是认真阅读原诗，而且是在那样一位知内情，有慧眼的向导的指引之下，总使我们对于英国现代派诗和现代派诗人所推崇的十七世纪英国诗剧和玄学派诗等等有了新的认识。”（《怀燕卜荪先生》）联大的青年诗人们，“跟着燕卜荪读艾略特的《普鲁弗洛克》，读奥登的《西班牙》和写于中国战场的十四行，又读狄仑·托玛斯的‘神启式’诗，他们的眼睛打开了——原来可以有这样的新题材和新写法！”“当时我们都喜欢艾略特——除了《荒原》等诗，他的文论和他所主编的《标准》季刊也对我们有影响。”（《穆旦的由来与归宿》）周珏良也回忆道：“记得我们两人（另一人指穆旦——引者）都喜欢叶芝的诗，他当时的创作很受叶芝的影响。我也记得我们从燕卜荪先生处借到威尔逊（Edmund Wilson）的《爱克斯尔的城堡》和艾略特的文集《圣木》（*The Sacred Wood*），才知道什么叫现代派，大开眼界，时常一起谈论。他特别对艾略特著名文章《传统和个人才能》有兴趣，很推崇里面表现的思想。当时他的诗创作已表现出现代派的影响。”（《穆旦的诗和译诗》）在王佐良一九四七年为评介他的同学穆旦的诗歌创作而写的英文文章里，深切而动人地描述了初始接触现代主义文学时青年人那种特有的兴奋和沉迷：“这些联大的年青诗人们并没有白读了他们的艾略特与奥登。也许西方会吃惊地感到它对于文化东方的无知，以及这无知的可耻，当我们告诉它，如何地带着怎样的狂热，以怎样梦寐的眼睛，有人在遥远的中国读着这二个诗人。在许多下午，饮着普通的中国茶，置身于乡下来的农民和小商人的嘈杂之中，这些年青作家迫切地热烈地讨论着技术的细节。高声的辩论有时伸入夜晚：那时候，他们离开小茶馆，而围着校园一圈又一圈地激动地不知休止地走着。”（《一个中国诗人》）

西方现代诗击中了这群青年人在动荡混乱的现实中所感受的切肤之痛，并且磨砺着他们对于当下现实的敏感，启发着他们把压抑着、郁积着的现实感受充分、深刻地表达出来。也许可以这样说，对于那些青年诗人而言，真实发生的情形并不是西方现代主义手法和中国现实内容的“结合”，却可能是这样的过程：他们在新诗创作上求变的心理和对于中国自身现实的个人感受，在艾略特、奥登等西方现代诗人那里获得了出乎意料的认同，进一步，那些西方现代主义诗歌使得他们本来已有的对于现实的观察和感受更加深入和丰富起来。简而言之，西方现代主义诗歌使他们的现实感更加强化，而不是削弱；同时，西方现代主义诗歌自然地包含着把现实感向文学转化的方式，从而引发出他们自己的诗歌创作。

这群人当中最杰出的代表，就是穆旦。“最好的英国诗人就在穆旦的手指尖上，但他没有模仿，而且从来不借别人的声音歌唱。”他以“非中国”的形式和品质，表达的却是中国自身的现实和痛苦，他“最善于表达中国知识分子的受折磨又折磨人的心情”。这种奇异的对照构成了穆旦的“真正的谜”。（《一个中国诗人》）

一九七〇年代中期，穆旦与一个学诗的青年的通信，解释自己年轻时候的创作，说过这样的话：

> 其中没有“风花雪月”，不用陈旧的形象或浪漫而模糊的意境来写它，而是用了“非诗意的”辞句写成诗。这种诗的难处，就是它没有现成的材料使用，每一首诗的思想，都得要作者去现找一种形象来表达；这样表达出的思想，比较新鲜而刺人。（《致郭保卫的信》）

“非诗意的”这几个字大有讲究。“非诗意的”辞句，从根本上讲，是源于自身经验的“非诗意”性。诗人在转达和呈现种种“非诗意的”现实经验的时候，是“没有现成的材料”可以使用的，正是在这样的地方，要求现代诗的发现和创造。穆旦说，“诗应该写出‘发现底惊异’”。把穆旦的这段话和 T. S. 艾略特一九五〇年一次演讲里的一段话相对照，会惊讶于两个人之间如此相通：

> 新诗的源头可以在以往被认为不可能的、荒芜的、绝无诗意可言的事物里找到；我实际上认识到诗人的任务就是从未曾开发的、缺乏诗意的资源里创作诗歌，诗人的职业要求他把缺乏诗意的东西变成诗。（《但丁于我的意义》）

一九四九年，穆旦在经历了大学毕业后九年的各种生活之后，赴芝加哥大学读英文系研究生。我曾经特意在芝大查找并复印了穆旦的成绩单，看到成绩单上排在最前面的那门选课，我笑了：T. S. ELIOT。

一九五三年回国之后，穆旦当然不能再研读和创作现代派的诗歌，他变成了一个翻译家，翻译雪莱、拜伦，特别是从俄语翻译普希金。但在生命的最后几年，大概从一九七三年开始，他偷偷翻译青年时代喜爱的现代诗，主要是 T. S. 艾略特和奥登，留下一部译稿《英国现代诗选》。辞世前一年多的时间里又偷偷创作起诗来，恢复成一个诗人。我有时会想，穆旦晚年诗歌创作的迸发，也许就和他翻译现代诗有着隐秘的关联，翻译启动和刺激起了他重新写作的热情。当然，在经历了那么多磨难之后，晚年的穆旦所理解的 T. S. 艾略特，晚年的穆旦所写的诗，已经和青年时代不同了。

三

一九五〇年，曾经在西南联大和北大任教过的夏济安短暂栖身香港，写了一首诗。时隔八年之后，才拿出来在他主编的《文学杂志》上发表，题目是《香港——一九五〇》，还有特意加上的副标题："仿 T. S. Eliot 的 *Waste Land*。"夏济安写了篇后记，对这首诗详加解释，坦言"我是存心效学艾略忒的"，得到的启示主要在于，两种不同节律的对比运用：诗的传统节律和几乎毫不带诗意的现代人口语的节律。此外就是，避居香港的上海人，是把香港看成"荒岛"的，可以模仿《荒原》来表现一般上海人在香港的苦闷心理。还有突出的一点，这首诗的"戏剧性"或称"叙事性"成分远远超过"抒情性"。在美国加州大学任教的陈世骧专门写了一篇《关于传统·创作·模仿》，称这是一首相当重要的诗，"其重要性在于其为一位研究文艺批评的人有特别意识的一首创作"，"明显的方法意识，在我们这一切价值标准都浮游不定的时代，总是需要的。”

《文学杂志》的大本营是台大外文系，从一九五六年到一九六〇年对现代主义文学的介绍大大启发了当年外文系的学子们，从中成长起一代作家和文学学者，早已书写进台湾文学的历史。一九六四年，白先勇尝试以意识流的方法叙述香港这座“荒岛”，题为《香港——一九六〇》，以小说的形式向他的老师夏济安的诗作致敬，隐含着的对话文本是《香港——一九五〇》，那么也就不能不和《香港——一九五〇》对话的《荒原》发生又一层对话关系。师生二人作品的关联，环环相扣，其中有《荒原》这个重要的环节。

二〇一二年七月二十五日

七个夜晚的说书人

一

《七夜》是七次讲稿，读这本书，像听博尔赫斯讲演。这个顺手的比喻，除了它想表达的一种感受之外，其他方面都经不起稍微的推敲。博尔赫斯用西班牙语讲，我读的是汉语译本（陈泉译，上海译文出版社，二〇一五年），这之间有多远的距离？三十年前，我初识博尔赫斯，一直到现在，读的都是汉语的博尔赫斯，而且是不同译者的博尔赫斯，却一直都感觉到独特的迷人之处。语言天生的距离和翻译天生的遗憾，都没能让迷人之处丧失。“迷人，正如斯蒂文森所说，是作家应该拥有的基本优点之一。舍此，别的都没用。”倘若博尔赫斯缺乏迷人的品质，他大概就不会这么引用斯蒂文森了。

博尔赫斯有不少讲演经历，“我注意到大家特别喜欢听个人的事而非一般的事，具体的事而非抽象的事。”这点经验之谈，可以给现在越来越多的讲演者借鉴。不过，也得看讲演的人是谁。要是听众对这个讲演的人不感兴趣，那么个人的事最好还是收起。

另一条，不是经验，却比经验还重要。面对很多听众，“我并不是在跟大家讲话，而是在跟你们中的每一个人交谈。”这之间的区别非常大，懂得这个区别的讲话者却不是太多。据此，你可以把讲话者——譬如课堂上的教师——分成不同的类型。

《七夜》谈的是这七个题目：《神曲》、梦魇、《一千零一夜》、佛教、诗歌、喀巴拉、失明。博尔赫斯的读者多少都熟悉他这些题目。一个人“常”谈某些东西，一定是这些东西和这个人之间有“常”的联系。

二

但丁《新生》开头说，他在一封信里，一口气提到了六十个女人的名字，以便偷偷地塞进贝雅特里齐的名字。博尔赫斯有一本小书叫《但丁九篇》，最后谈到但丁为什么要写《神曲》：“我认为他在《神曲》里重复了这个伤心的手法。”

《神曲》里的“天国”，此前曾有人认为，但丁构筑它的首要目的，是为他所崇拜的贝雅特里齐建立一个王国，《新生》里有一句话：“我想用没有被用于谈论任何一个女人的话来谈论她。”博尔赫斯进一步猜测，但丁创作《神曲》的目的，“是为了插进一些他同无法挽回的贝雅特里齐重逢的场面。”他写了地狱、炼狱、九重天、目不暇接的情境和命运，可是，他知道，贝雅特里齐最后的微笑才是最重要的；她微笑之后，“转过脸”，消失或走向“永恒”。

《七夜》里讲《神曲》，我觉得最有启发性的是关于尤利西斯的命运的解读。尤利西斯为什么要遭受惩罚？因为他和狄俄墨得斯策划了特洛伊木马阴谋，被罚只能待在火焰的深处。博尔赫斯说，不是。尤利西斯召集已经跟着他战胜了千难万险、已经年老困乏的人马，提出一项崇高的事业：横跨浩瀚的海洋去认识南半球。他说他们是人，他们是因为勇气、因为知识而出生的，生来就是为了认识、为了理解事物。远航五个月之后，他们看到了一座大山，但欢呼声即刻变成了哭喊声，从他们见到的陆地上刮来一阵旋风，船沉了。那座山，就是炼狱山。“就这样，我们到了这个可怕的时刻”——这个时刻的“可怕”在于，它显露了尤利西斯受罚的真正原因，“即那个无私无畏地渴望认识被禁止且不可能事物的企图。”

接下去，博尔赫斯说：“这个故事中悲惨的遭遇到底是什么道理？我认为有一个解释，这是唯一有价值的解释，那就是：但丁感到尤利西斯在某种程度上就是他自己。我不知道他是否自觉感受到这一点，这也无所谓。在《神曲》某节的三韵句中说：谁也不能被允许知道天意。我们也不能提前知道天意，谁也不知道谁将被罚，谁将被救。但是他竟然妄为地以诗歌的方式提前泄露天意。他向我们显示了谁被罚又显示了谁被救。他应该知道这样做是很危险的；他不可能不知道他在提前觉察不能明辨的天意。”“因此，尤利西斯这个人物拥有其力量，因为尤利西斯就是但丁的镜子，因为但丁感到也许是他应该受到这种惩罚。诚然，他写了诗，但是不论是非如何，他正在触犯黑夜、上帝和神明深奥的戒律。”

博尔赫斯说，没有哪一本书曾给过他如此强烈的美学震撼，“我是个享乐派读者，再说一遍，我是在书中寻找震撼的。”因此，每有机会，他总是强烈推荐去阅读这部伟大的作品。“《神曲》是我们每个人都应该读的。不读这本书就是剥夺了我们享用文学所能给予我们的最高礼物的权利，就是让我们承受一种古怪的禁欲主义。为什么我们要拒绝阅读《神曲》所带来的幸福？况且它并不是很难读的。”虽然文学所给予的最高礼物是什么，一定有不同的意见，但博尔赫斯所享受的读《神曲》的幸福，其中有些部分确实是可以传递的。

三

阿拉伯人说，谁也不会读到《一千零一夜》的最后，因为这是一部没有穷尽的书。

它的作者成千上万，大概谁也没有想到他正在参与构造一部伟大的书。

而且这部取之不尽的书，可以有丰富的变形。

这部书中最有名的故事之一，《阿拉丁和神灯》，出现在十八世纪初加朗的法语版本中。但是后来的人在阿拉伯和波斯文本中都没有找到这个故事。有人怀疑是加朗篡改了故事。博尔赫斯说：“我认为用‘篡改’一词是不公正而且有害的。加朗完全有权像那些职业说书人那样创造一个故事。为什么不能设想，在翻译了那么多故事以后，他想创造一个，并且这样做了呢？”

德·昆西在自传里讲了阿拉丁神灯的故事，但是他记得的故事完全不同，没有哪个本子这样记载过——“德·昆西创造性的记忆力令人钦佩”——这种记忆力，或者是睡梦，带给他一个新的故事。

“《一千零一夜》漫无边际的时间还在继续走它的路。”它不是死的东西，“这部书是那么广泛，以至于用不着读过此书，因为它是我们记忆的一部分，也是今天晚上的一部分。”

《七夜》这个书名，是不是无意识/有意识地向《一千零一夜》致敬？无论如何，博尔赫斯确实像一个夜晚的说书人。

四

“我当过布宜诺斯艾利斯大学哲学文学系的英国文学教授。我曾经尽可能地撇开文学史。当我的学生向我要参考书目的时候，我就对他们说：‘参考书目不重要，毕竟莎士比亚一点也不知道什么莎士比亚参考书目。’约翰逊不可能预见到将来写的关于他的书。‘为什么你们不直接读原著呢？’”

大学里的教师，如果没有被学生问到参考书目的问题，那就是在被问到之前先开好了。可见教与学之间互相训练，已有稳定的成规。这一点上，我算不上好老师，每个学期开课，总有学生问起，我才想起这是个问题。我的回答与博尔赫斯差不多，却没有他那么心平气和。每次看到什么论文后面附有从网上搜来堆在那里的参考书目，都有点儿生气。

还有定义的问题。“我就是这样教学的，坚持美学事实不需要定义。美学事实那么明显，那么直接，就像爱情、水果的味道或水那样不能确定。……如果我们一下子就感受到了，为什么还要用别的词语去稀释它呢？这些词语肯定要比我们的感受弱得多。”

对了，这里说的是文学教学，尤其是诗歌。

“为什么还要用别的词语去稀释它呢？”——不稀释受不了啊。有百分之十的浓度就可以了，是吧？

五

一九五五年年底，博尔赫斯被任命为国家图书馆馆长，身处九十万册各语种的书籍之中，他发现他只能看清封面和书脊。“上帝同时给我书籍和黑夜，/ 这可真是一个绝妙的讽刺”——这两句诗说一个事实，很容易理解；下面两句，“我这样形容他的精心杰作，/ 且莫当成是抱怨或者指斥”——这是真的吗？真的没有怨言？

过了很多年，我明白，这是真话。博尔赫斯说：“失明对于我没有成为彻底的不幸，也不应该把它看得太重。应该把它看作是一种生活方式：人类的一种生活方式。”

阿根廷国家图书馆真有意思，之前已经有两位馆长是盲人，到博尔赫斯，是第三位。“二，只是一种巧合；而三，则是一种确认。这是一种三元素式的确认，一种天意或者神学的确认。”

博尔赫斯还是一个诗人，而诗歌与失明之间的亲密关系，从荷马就开始了。我们不知道是否真有荷马这个人，奥斯卡·王尔德提示说，古代把荷马认定为盲人诗人，这是经过深思熟虑的：“希腊人坚持认为荷马是盲人，以说明诗不应该是视觉化的，而应该是听觉化的。”博尔赫斯甚至认为，魏尔伦的关于诗首先是音乐的说法也是从这里一路发展而来。弥尔顿认为他是自愿失明的，因为他第一个心愿就是成为伟大的诗人。詹姆斯·乔伊斯说：“在我身上发生的种种事情中，我认为最不重要的就是我成了盲人。”博尔赫斯觉得他这样说很大胆，同时也是骗人的，乔伊斯浩大著作中的一部分是在黑暗中完成的，他创造了一种很难懂的语言，但是可以辨别出一种奇怪的音乐。

“我总是感觉到自己的命运首先就是文学。这就是说，在我身上将会发生许多不好的事情和一些好的事情。但是从长远来说，所有这一切都将变成文字，特别是那些坏事，因为幸福是不需要转变的，幸福就是其最终目的。”进一步说，“一个作家，或者说所有人，应该这样想，他身上所发生的一切都是工具。所有给他的东西都有一个目的。这一点在艺术家身上尤其应该更强烈。在他身上发生的一切，包括屈辱、烦闷、不幸等等，都像是为他的艺术所提供的黏土、材料，必须接受它们。所以我在一首诗中讲到古代英雄们的食粮：屈辱、不幸、倾轧等。给我们这些东西是让我们去改变它们，让我们把生活中的悲惨变成或力求变成永恒的东西。”

如果这样想问题，对于盲人图书馆长和盲人诗人来说，不仅书籍是上帝的恩赐，失明也是一种恩赐。

六

“我一直在暗暗设想，天堂应该是图书馆的模样。”

这句话给人印象太深刻了。有这么一件事：很多年前，我写了一本小书《读书这么好的事》，像是由引文编织出来的，其中也包括博尔赫斯的话。有一位朋友，写文章提了一个问题：为什么偏偏没有引用“天堂应该是图书馆的模样”这么有名的一句？

这真把我问住了。为什么呢？

这会儿想起这个问题，忽然明白了：因为我未曾想象天堂。我的观念里面没有天堂，自然也就不会想象天堂是什么样子。

但我喜欢博尔赫斯，喜欢他这样去想象。

二〇一六年五月十五日

艾柯有趣

艾柯有趣，好玩。我们有时候会忘记，好玩的人也会死，所以，艾柯出乎意料地死了。那不能算是艾柯的错。

在大家那么严肃地悼念的时刻，我也从书架上抽出几本艾柯的书——这是否算得上一种小小的仪式？不过，好玩，这样说是不是太轻佻了？《玫瑰的名字》、《傅科摆》怎么好玩？文学理论、符号学怎么好玩？我自己心里小声嘀咕：哦，这也都是好玩的书，只不过不是你我平常的玩法而已。

和我们平常人玩法差不多的，是艾柯的短文。但他也有出错的时候，譬如他说手机，有五种人需要：一是残疾人士；二是基于专业理由必须在紧急情况下随传随到的人，如消防队长，医生等等；三是偷情者；四是不管身在何处，都非得跟刚分手的朋友扯鸡毛蒜皮，硬要暴露内心空虚的人；五是希望大家都看见他们忙得不可开交的人。考虑到艾柯说这些话是在一九九一年，手机才用不久，他说得确有几分道理；可是现在，手机都长成了几乎每个人身体上的一个常用部位，你就没法把所有的人都归入这五类了。

但对新技术新发明出这样的错，似乎是一个了不起的人文传统。我想起俄国形式主义理论家什克洛夫斯基——就是那个讲陌生化理论的家伙——对汽车的质疑，忘记了原话是怎么说的，大意是，如果你不是一个逃犯，或者你不是追捕逃犯，你干吗需要时速多少公里以上的汽车呢？

到现在为止，他们都错了；可是，如果时间久一点，再久一点，后来的人类，会不会觉得他们是对的呢？就是现在，如果你没有了汽车，扔掉了手机，你会活得比目前好，还是差，就没有一点点疑问？

这里不是讨论这个问题的地方，还是回到艾柯。

艾柯有篇短文说省略号的用法，他说作家用省略号，多半用在句末，也常用在句子中间，或者两个句子之间——唉，博览群书的艾柯，怎么忘记了讨论王尔德的名著。我最近读黄永玉先生的《无愁河的浪荡汉子》第二部，九十多岁的老人还记得七十多年前，一个少年见到省略号非常规用法时的惊讶："王尔德薄薄的《朵连格莱的画像》，前头打了四行跟文章一点关系都没有的虚点（……），莫名其妙。"

我翻检读过的艾柯，只有一本书两处折了页。这本书是专栏文章集《密涅瓦火柴盒》，后衬页我记了一行字：二〇〇九年十二月二十三日读完；现在，我又添上一行字：二〇一六年艾柯去世，终年八十四岁。折页的两篇文章，一是《用指腹读书》，一是《古典作品赞》。

前一篇解释一个奇特的现象，所以折页，是因为好多年前，我写了篇看似玩笑实则认真的短文《说书呀，不是这么回事儿》，也说到这种现象：某本书在你的书架上待了好多年，你从来没有读过，有一天，你拿来读，却惊讶地发现，你居然了解书的内容，像读过一样。艾柯给出三种解释：一、过去的时间里，你挪动过这本书，擦擦灰，或者把它往旁边挤了挤，在这样的过程中，书的若干内容通过指腹传达到了大脑，这类似触觉阅读法，像盲人读盲文；二、偶尔瞅上一眼封面，标题，甚至翻几页，这都算阅读，而每次阅读量十分有限，反而阅读的内容都能吸收；三、多年来阅读了许多其他相关内容的书，无意中对这本书的内容有所了解。

这三种解释都合理，但我觉得还不够，因为你不能把奇特现象中的一切都合理化，稍嫌坐实了。你书房里的书，并非只有在你实际打开的时候才散发信息，它也许一直都在散发信息，只是你能否接收罢了。阅读是获取信息的最基本、最常规的途径，却并非绝对唯一的途径。一本书有它发散信息的隐秘方式。这也是我一直反对给书再包封皮的原因。无论如何，艾柯这样的说法，许多爱书人会有同感："或许我们仅仅是触摸了它的文字、纸张和颜料，而这本书已经向我们讲述了一个时代、一个空间中的故事。当所有这些元素奇迹般地'聚集'在一起时，就会让我们对这本并没有正经读过的书产生一种莫名的亲切感。"我甚至想，是否对没有读过的书有这种经验、体会和感情，可以作为检测一个人是否为真正爱书人的一个方法。

《古典作品赞》这样的题目难出新意，但即便是老生常谈，也好。古典作品本书即可看作老生常谈。艾柯观察到，在价值危机的时代，读者在寻找一些"可靠的东西"，而古典作品给人以"安全感”：“因为这些经典作家能够在手抄本盛行的年代里，吸引无数读者竞相传抄自己的作品，并在漫长的世纪更迭中战胜时间的惯性和人类的遗忘本能。”读古典作品，还因为，“一位经典作家不仅能告诉我们人类在很久以前的思维方式，还能让我们明白为什么我们在今天仍保持着同样的想法。阅读一部古典作品就如同对我们的文化现状进行一次精神剖析，读者能在其中再次找到远古的线索、记忆、模式和场景……”此外，古典作品还为我们“保留着另一份惊喜”，当现在的某些人自以为是地宣称创立了某种新思想时，艾柯说，“我常常惊愕得无言以对：哎，他们根本不知道早有古典思想家在一千年前就成功地提出类似理论了（换言之，他们的所谓新理论早在一千年前就显得落伍了。）”

《密涅瓦火柴盒》的最后一篇是《我们如何笑对死亡》，这是一个爱思考的学生向艾柯提出的问题。艾柯说，相信这个世界上所有的人（五十亿人口）都是混蛋，死亡就变得轻松甚至美妙了。疯疯癫癫的青年男女，自以为揭示宇宙奥秘的科学家，妄图以一剂药治疗社会百病的政客，炒作花边新闻的媒体人，生产污染性产品的企业家，都是混蛋，死亡让你得以脱离这个混蛋世界。但是——有了这个转折，才是艾柯——相信别人都是混蛋是一门微妙的艺术，需要用心钻研，却无须心急，不到最后一刻，你都要抵御“看破红尘”的想法，要坚信某些言论的价值，某本书的品位，某个人的爱心，拒绝承认其他人都是混蛋的想法是人性化的，是人类的本能，也是我们活着的意义。“直到临死的前一天，我们还应该认为某个我们所爱或所敬的人不是混蛋。真正聪明的做法是在死亡来临的那一刻

（而不是之前）才认为连他也是混蛋。然后就在这一刻闭上双眼。”

二〇一六年二月二十六日

漫长的相遇

通过自己懵懂的生活

大学一年级上写作课，老师鼓励我们“创作”，试着写了一篇像小说一样的东西。

一个少年考上了大学，父亲送他去一个海滨城市坐火车。全部的情景都发生在这座夏日海滨城市。对于少年来说，这只是他经过的一个地方，甚至可以说是他即将展开的人生的起点；对于父亲，这是他二十年前离开的地方，在离开之前，曾经在这里生活了八年。父亲带着儿子拜访以前一起工作的朋友，他们摇了一条小船到海里，断断续续谈些过去的事情；儿子坐在船上，起初还担心会掉进水里呢——他当然更无从想象父亲年轻时候在远洋轮船上的枯燥和冒险。他的注意力也不在这里。

船上还有父亲朋友的女儿，也许比他大一岁，他们没有多少言语，只是目光在灼热的阳光里偶然相碰。入夜凉爽的海风似乎掀开了记忆，他忽然想起小时候和女孩一起玩过，好像终于在两个人之间找到了一个可以确证的联系；但又怀疑自己搞错了，也许是别的小女孩。第二天他一个人离开这座城市，大海在火车车窗前一晃而过，没来得及反应，就不见了。

写作老师说，这篇东西给他的感觉是，好像一个长篇的一个章节，一个大东西的小局部，缺少发展。这个评价让我颇为失望，心里也有点不服气：如果一个东西能暗示出一个比它更大的东西，如果一个东西包含了很多发展的因素却并没有让它展开，不是更有张力吗？少年气盛，不懂得接受别人的意见。

没有想到，这篇幼稚的试笔却得到了另外一个老师的注意。我们的班主任李振声老师，到写作老师那里去，偶然看到这篇东西，就来找我，跟我谈了很多，主要内容是读书，自己去找什么样的书来读。让我吃惊的是，他说：课嘛，有的课其实没有多大意思，只要能够对付过去，及格就行。

很多年以后，我跟他说起这个话，他不承认自己说过。可是这哪里会错，这样的话对大学新生来说，实在是太出乎意外而不能不印象深刻了。

李老师还说，看你写东西的路数，不妨去仔细读读《都柏林人》，或许有启发。

我就是这样开始读詹姆斯·乔伊斯的。先是《都柏林人》，孙梁等译，上海译文出版社一九八四年版，温暖的黄色封面，亲切的小三十二开本。其实有些地方不怎么懂，但不懂有什么关系？人生我们也不怎么懂，还是可以磕磕绊绊、冒冒失失地过。接着是《一个青年艺术家的画像》，黄雨石译，外国文学出版社一九八三年版。后来看到李老师在一篇文章里特意说到这个书名的翻译问题，但也完全无碍于此前此后对这本书的喜欢。小说结尾，写下了这样几句话，没有几个人敢这么说：妈妈写信说她天天祷告，“希望我能在远离家庭和朋友的时候，通过自己的生活慢慢弄清楚什么是人的心肠，它都有些什么感觉。阿门。但愿如此。欢迎，啊，生活！我准备第一百万次去接触经验的现实，并在我的心灵的作坊中铸造出我的民族还没有被创造出来的良心”。

那时候能够找到的还有一本评论性的小册子，《乔伊斯》，约翰·格罗斯写的，三联书店一九八六年版。至于我们几个同学津津乐道的某个“八卦”，想不起来是从哪里看到的了，说的是乔伊斯和普鲁斯特在巴黎某个晚宴上的一面之缘：他们话不投机到极点。

等到读《尤利西斯》，已经是一九九四年，这一年萧乾、文洁若的译本（译林出版社）和金堤的译本（人民文学出版社）一前一后出版。我有萧乾先生的签名本。不过，读这部乔伊斯最为著名的作品，兴致反倒不如八十年代懵懵懂懂那个时候了。

二〇一二年夏天，“天书”《芬尼根的守灵夜》即将有中文本出版的消息传播开来，到年底，我终于拿到了上海人民出版社的新书，第一卷，盒套装，附有乔伊斯画传。这是一本不可能被翻译的书，我的同事戴从容却做了这件不可能的事。如何不可能，看看一页正文跟着一页注释的排版方式，就能感受得到了，更不要说并排在正文中很多词语后面的可能有的多种含义。我根本不敢想象这样的翻译过程是怎样一场经年累月的文字搏斗。

二〇一二年八月六日

漫长的相遇

我读博士一年级的时候，有一门英语口语课，老师是个年轻的美国女诗人，刚拿到 MFA 的学位不久，很兴奋地跑到中国来了。她让我们给自己起个英文名字，我估计老外要分清中国人的名字，大概像我们要记住他们的名字一样难。同学们有点搞笑地弄了一堆名人的名字戴到自己头上，要么是总统，要么是大亨，一个女生说自己是玛丽莲·梦露。轮到我，我说，威廉·福克纳。

这个名字出乎老师的意外，也引起她的兴趣：你想，她是文学写作者嘛。“你读过福克纳？”

我报了一连串的名字：《喧哗与骚动》、《我弥留之际》、《去吧，摩西》，等等。

“天哪，你读了这么多。好多我们美国人都读不懂。你读得懂？”

我的口语很烂，但我对福克纳的作品真的很熟。这种熟悉让诗人老师惊讶不已。她的神情刺激了我的虚荣心，索性显摆起来。我给她讲福克纳的用词，举了一个例子，是《熊》里面的，corridor（走廊），从具体到抽象，从空间到时间，讲得天花乱坠，诗人老师频频点头，不由地走到我的座位前。

人的一生偶尔是会有好运气的。那天上课前，我刚好到图书馆借了一本英文版的研究华莱士·斯蒂文森的著作。她看到了我课桌上的书。斯蒂文森啊，这位前辈大师说不定是我的年轻老师的偶像呢，况且在中国的课堂上见到诗人老乡，哪里能不内心激动。

我想就是在那个时刻，老师决定给这个学生一个好成绩。否则就很难解释，我后来放心大胆地逃掉了绝大部分课程，最后的成绩是 A。就我那烂口语，哈。

现在我可以讲老实话了。我读的福克纳，全是汉语译本，其中最主要的，是李文俊先生翻译的那些长篇，此外还有陶洁先生翻译的长篇和中短篇。至于那条神奇的、寓意丰富的“走廊”，则是我从夏济安先生《现代英文选注评》里面偷来的。

我一九八五年上大学，一下子就掉进了对西方现代文学的热烈的冲动氛围之中。李文俊先生翻译的《喧哗与骚动》是一九八四年上海译文出版社出的，保守一点说，我们班至少有十个人买了这本书，读过的当然更多。福克纳、《喧哗与骚动》、班吉——小说里的那个白痴叙述者，频繁地出现在年轻作家和文学青年的口中。想想也有点不可思议，在福克纳的主要作品还没有翻译成中文的时候，一九八〇年，中国社会科学出版社就出过一本厚厚的《福克纳评论集》(李文俊编)。一九八五年中国文联出版公司出了一本《福克纳中短篇小说集》，绿封面，也是我们捧读和讨论的书。

可是福克纳有那么多的作品，读不到怎么办？等吧，怀着热切的期待，打听翻译家工作的进度。

等到一九九〇年，李文俊先生翻译的《我弥留之际》由漓江出版社出版，我自己觉得这本书我更懂一些。再等几年，一九九六年，上海译文又出了李先生译的《去吧，摩西》。读完这本书，我就从社会又回到了学校，走进了英语口语课的课堂。

那种等待福克纳新书的心情仍然在持续：一九九七年陶洁译的《圣殿》出版；一九九九年是王颖等译的《掠夺者》；二〇〇〇年是李文俊译的《押沙龙，押沙龙》、陶洁译的《坟墓的闯入者》。这些都是上海译文出的。八十年代以来当然也有其他出版社出福克纳，但数量很少。

这是一种奇妙的感觉：等待着相遇；多年之后，再次相遇；再次，再次。后来，后来，不知道从什么时候开始，等待的心情消失了，不知不觉消失了。这大概是进入新世纪后的事情。

复旦后面有个大学书城，卖的多是折价书，每次走进去，我都会走到最后面一排书架前，看看那套精装的福克纳文集，落了一层灰，多少年都没有人动过的样子。把三十年的主要精力用在福克纳译介上面的李文俊先生，多少有些抱怨地说，一般读者（包括一些作家）对福克纳的认识似乎仅仅局限于：他笔下有个叫班吉的白痴爱追逐女生，还有这位得了诺贝尔文学奖的南方佬不大喜欢用标点符号，据说这就是“意识流”手法。

我也说不出我从福克纳那里学到了什么，但青年时期那漫长的期待和一次次的相遇，确实是无比美妙的经验。况且，还发生了这样奇异的事情：汉语译文帮助我得到了英语口语的优秀成绩。

二〇一二年七月二十八日

不同年岁，不一样的养料和表现

二〇〇九年秋天，我和严锋在法国旅行，火车上对坐闲聊，严锋兴起，背诵了很多诗歌。普希金的《致大海》，雪莱的什么诗，都曾经传诵一时。忽然他用英文背诵，风格骤变：

Let us go then，you and I，
When the evening is spread out against the sky
Like a patient etherised upon a table；

我说，T. S. 艾略特，《普鲁弗洛克的情歌》。他也许是明知故问，你怎么一下子就听出来了？我说，那是我们共同经历的年代啊，八十年代，T. S. 艾略特的诗让多少文学青年沉迷。记得吗，那时候袁可嘉等选编的《外国现代派作品选》，是用车拉到复旦校园去卖的，中午的食堂前围了一群人抢购。袁可嘉选 T. S. 艾略特的诗，《普鲁弗洛克的情歌》用老同学穆旦的译文，《荒原》是赵萝蕤重新修订的译文。后来漓江出版社“获诺贝尔文学奖作家丛书”里有了

裘小龙等翻译的那本厚厚的《四个四重奏》，我好几个同学有一阵子都书不离手，不断地在书页上划条条杠杠、波浪线、三角符号。

当严锋的英文一句一句传进耳中的时刻，我脑子里很自然地转换成了穆旦的汉语译诗。当然，这也是因为，我熟悉和喜爱穆旦——

那么我们走吧，你我两个人，
正当朝天空慢慢铺展着黄昏
好似病人麻醉在手术桌上；
我们走吧，穿过一些半冷清的街，
那儿休憩的场所正人声喋喋；
有夜夜不宁的下等歇夜旅馆
和满地蚌壳的铺锯末的饭店；
街连着街，好像一场讨厌的争议
带有阴险的意图
要把你引向一个重大的问题……

年轻时候读 T. S. 艾略特，和现在读，关注的东西有所不同。T. S. 艾略特自己，也有年轻的时候，有中年和老年，不同时期，不那么一样。比如说，现在，五卷本《艾略特文集》（上海译文出版社，二〇一二年）放在面前，以往的兴趣仍在，但另外还有体会，会觉得 T. S. 艾略特功成名就之后，平心静气地回顾自己在不同时期所需要的不同养料，很有意思。

“我年轻的时候，伊丽莎白时代次要的剧作家比莎士比亚更让我感到自在：打个比方，前者是与我大小相仿的玩伴。”有些诗人，在特定的时期能从他身上学到东西：朱尔·拉弗格，“我能说他是第一个教我如何说话的人”；波德莱尔，他的两行诗“拥挤的城市！充满梦幻的城市，/ 大白天里幽灵就拉扯着行人!”给一个青年的启发是，在美国工业城市的经验也能成为诗歌的材料。（《但丁于我的意义》）“他们曾经让我感到发现了新天地，同时也发现了自我，那种无比兴奋和豁然开朗、超然无羁的感觉，现在自然已经没有了，但那样的经历本来就只能有一次。”（《批评批评家》）

另外却有一种启发和得益，是不断积累型的，随着年龄的增长而慢慢持续地显现，比如莎士比亚和但丁。这种屈指可数的伟大诗人的影响，不只发生在成长过程中的某一特定阶段，也未必能够在文本里面找到对应的证据，却可能是更重要、更基本的养料。《但丁于我的意义》这样的演讲，只有在中老年时期才讲得出来、讲得清楚吧。

我觉得很有意思的，还有与上面所说相通的一点，就是 T. S. 艾略特说到自己的影响，有一个有趣的发现：他发现他早期的文章给人的印象更深。“我想有两个原因。一是年轻人的武断。年轻的时候，我们看问题棱角分明；随着年岁渐长，我们喜欢说话留有余地，即便明确的观点，也要多加限定，喜欢插入更多的括号。我们能预见自己的观点可能会受到怎样的反驳，我们对论敌更为宽容，有时甚至是同情。而年轻的时候，我们说起自己的观点来底气十足，坚信自己掌握了全部真理；我们要么激情澎湃，要么义愤填膺。读者都喜欢十分自信的作者，就连老练的读者也不例外。”还有一个原因，早期的文章，“都是在暗中为我和我的朋友们所写的那种诗辩护。这就使我的文章有了一种气势，带着辩护者的迫切和激情。我后期的文章就没有了这种气势，个人感情因素少了，但愿是更公正了些。”（《批评批评家》）

T. S. 艾略特从自己身上体会到的情形，其实带有普遍性。更早的时候，巴拉丁斯基在给普希金的信里就抱怨过这种现象：“我想，在我们俄罗斯，诗人仅仅在自己初期未成熟的试验中能指望获得大成功。所有年轻的读者在他身上都几乎找到了被赋予辉煌色彩的自己的感情、自己的思想。诗人成熟了，深思熟虑而观察敏锐地写作”——那就令人厌烦了。

我想，在我们这里，二十世纪中国文学史，差不多（这可是不再年轻的人留有余地的用词）就写成了青年文学史。

二〇一二年八月至十二月十四日

时间会把缘分转来

马尔克斯去世，不出意外，微博、微信，即时成为集中缅怀之地。我过去的一个学生，挖苦地发了一句：“与马尔克斯装熟日开始。”部分倒也是；不过，有些人确实有真实的阅读记忆，不必装模作样给别人看。

读大学那会儿，上个世纪八十年代，《百年孤独》带来的那种爆炸式的启悟和持久的震惊，在文学青年那里真切得如同抑郁阴霾的日子猝然遭遇暴雨和暴雨之后的烈日。至于对当代小说的影响，很多年后有人——不止一两个人——以不屑的口气说，只不过是马尔克斯开头的句式，得到了不厌其烦的重复模仿。这当然是胡扯，不过你不能期望习惯胡扯的人看到更多的东西，无论是从马尔克斯的作品还是从中国当代文学里。

加西亚·马尔克斯纵放不羁的野性的才华，疯狂生长的叙述能量，不是征服了做着作家梦的我的几位同窗好友，而是解放和刺激了他们自己的才能，下笔如有神助，文字迎风唱歌。二十多年后的今天，我仍然遗憾他们在三百字绿线格稿纸上创造的既现实又神奇的世界没能出现在公开发行的文学杂志上，所以只能在私下里说，他们比当时最优秀、最活跃的几位小说家一点儿也不逊色。

《百年孤独》我读的是高长荣的译本，北京十月文艺出版社一九八四年版。因为这本书，又去找来先前出版的《加西亚·马尔克斯中短篇小说集》，上海译文出版社“外国文艺丛书”中的一种，赵德明、刘瑛译，一九八二年出的，马尔克斯就是这一年获得了诺贝尔奖。后来我们读《番石榴飘香》，马尔克斯和门多萨的谈话录，林一安译，北京三联书店一九八七年版。这一年我们还盼来了《霍乱时期的爱情》，袁殿池、沈海滨译，黑龙江人民出版社版。

意想不到的是，《霍乱时期的爱情》我根本读不下去，连第一部分都没有读完。此后的许多年里，曾经好几次又打开这本书，却每一次都不得不遗憾地放回书架。它和《百年孤独》激起的阅读期待在大方向上都不同，更不要说细枝末节了。我想，我这个读者和这本书没有缘分。

前年，听朋友说要买《霍乱时期的爱情》新译本（杨玲译，南海出版公司，二〇一二年），忽然心动：过了这么漫长的时间，也许缘分会转来。真是奇妙，这次一读之下，不忍释卷。余华说《百年孤独》是天才之书，《霍乱时期的爱情》是生活之书，未尝没有道理。年轻时候企羡炫目的天才，哪里有耐心体会平实生活的滋味。《霍乱时期的爱情》是生活之书，也是传奇之书，但这传奇不用传奇的方法来写，而是以平实的生活来写，这就不是一般的作家能做到的了。特别是，人物之间几乎没有发生什么非常曲折的事情，有的只是等待，一天一天地等待了五十多年。是传奇，但绝不把传奇浪漫化，灾难中的国家、肮脏的港口、浑浊的河流、随处可见的尸体，他们置身于这样的环境中，仍然坚持着他们自己的生活，仍然信守着他们自己的内心世界。小说的结束，是阿里萨在五十三年七个月零十一天以来的日日夜夜一直都准备好了的答案，而我，当年甚至没有好奇心看看最后一页，现在终于读到了这个平实而震撼的答案。

所以，说到后来，还不只是阅读的记忆，还有时间的推进，阅读的成长和成熟。

二〇一四年四月十八日

为了获得空白而跑步，抽烟，喝茶

《当我谈跑步时，我谈些什么》有一段话让我特别认同，并勾起我的愿望写写我的抽烟、喝茶的体会。似乎不合情理，村上春树因为跑步而戒烟，我却觉得我的抽烟在一种意义上和他跑步相同。思维有时候就是这么乱来。

我并不是村上的热心读者，却很早就读过他的作品。那是在中国留日学生办的一本杂志上，还是铅印的吧，翻译了他的一组短篇小说。杂志的名字想不起来了，那组作品，记得其中一篇说，三十五岁是人生的“折回点”。我才二十几岁，这个“折回点”的说法引发我一点兴趣。那时候当然想不到以后村上会这么风行世界，村上自己恐怕也是没有料到吧。我熟悉一位村上的老粉丝，是我的师兄张国安，武汉大学七七级的，后来在上海读博士和教书，每回坂井洋史到上海来，给他带的总是村上的新书。我觉得奇怪，他是写苏曼殊传的，怎么跟年轻人一样迷村上呢？可是坂井说，在日本，村上的读者多是他这一代人，而不像在中国，是年轻的小资、大学生，甚至是中学生。再后来，国安兄失踪了，留给他的亲人和朋友无从解答的疑惑。有一年我和小说家方方到韩国参加一个活动，谈起她的大学同学，她也很惊奇他迷村上，也很疑惑他的失踪。

二〇〇六年初春，坂井夫妇开车带我游览武藏野，指着某处说，那可能就是《挪威的森林》男女主角谈恋爱常去的地方，直子读书的大学就在附近。我呢，看过了武藏野的风景，才好像对《挪威的森林》有了一点实感。

村上的小说我没有读过的多于读过的，怎么会读这本《跑步》呢？也许因为它不是小说吧。它是自传性质的，只不过比通常的自传单纯，跑步的自传。

他那样日复一日，年复一年地跑步，当然常常会遇到有人问他这样的问题：跑步时，你思考什么？

“我跑步，只是跑着。原则上是在空白中跑步。也许是为了获得空白而跑步。”就是这段话。我用的南海出版公司二〇〇九年的版本，是施小炜的译文。怎么可能什么都不想呢？“即便在这样的空白当中，也有片时片刻的思绪潜入。这是理所当然的，人的心灵中不可能存在真正的空白。人类的精神还没有强大到足以坐拥真空的程度，即使有，也不是一以贯之的。话虽如此，潜入奔跑着的我精神内部的这些思绪，或说念头，无非空白的从属物。它们不是内容，只是以空白为基轴，渐起渐涨的思绪。”

我闲着的时候抽烟，喝茶，数量有点过头。但不同于很多烟民，我在公共场合从不主动抽烟，也想不到要抽烟。别人递来的会很自然地抽起来，实际上却觉得不抽更好。不是我自律，更主要的是，自己没有享受的感觉。有不少人写作的时候抽烟，我写东西一定不抽烟。只有在闲着的时候，特别是一个人，万事都关在门外，抽烟喝茶才变成了享受。

享受什么呢？用村上的说法，就是享受空白。有人思考的时候抽烟，更进一步的说法是抽烟有助于思考。我抽烟喝茶的时候什么都不想，有些不知怎么来的思绪和念头，也是村上说的“空白的从属物”，反而使空白更是空白。

关于空白和空白的从属物，村上用了天空和云朵作比喻。浮上脑际的思绪就像飘然而至又飘然而去的云朵，“然而天空犹自是天空，一成不变。云朵不过是匆匆过客，它穿过天空，来了去了。唯有天空留存下来。所谓天空，是既在又不在的东西，既是实体又不是实体。对于天空这种广漠容器般的存在状态，我们唯有照单收下，全盘接受。”

跑步是好习惯，抽烟是坏习惯，然而我的抽烟喝茶像村上的跑步一样，自己给自己制造了一个“小巧玲珑的空白”，从满满当当、密密挤挤的世界里抽身退出，隐入其中。在外面的时候，常常急着回去。有什么事吗，急着回去？其实什么事也没有，就是因为回去什么事也没有，才急着回去。回去，为了获得空白。

“我在自制的小巧玲珑的空白之中，在令人怀念的沉默之中，一味地跑个不休。这是相当快意的事情，哪还能管别人如何言说？”

把“一味地跑个不休”换成“一味地抽个不休”如何？似乎太可笑，实际上是有这种情形的。在外面有事可以一整天不抽一支烟，闲下来一个人待着却几乎一支接着一支。有好多次是这样的：抽烟，发呆，然后想，哎，我该抽支烟了吧；其实烟正在手里燃着。还有这样的时候：点上一支烟抽起来，一瞥眼看见烟缸边上还有一支烟兀自燃着，才想起那正是一分钟或半分钟前从嘴角取下暂时放在一边的。莫非是，得不停地抽，空白才能持续地获得；停下来，空白就溜走了？

仔细想想有些习惯是毫无实际意义的。譬如回到家里总是先泡一杯茶，有时候晚上很晚才回到家里，而且是刚从茶馆一类的地方回来，已经喝了一肚子，可还是会没有自觉地泡一杯茶。茶泡在那里，人已经上床睡觉了。和许多人喝茶，与自己一个人喝茶不大一样。回到家里，自己抽一支烟，泡一杯茶，仿佛是一个仪式，一种获得了空白的仪式。

二〇一一年一月三日

我饮不尽器

茅台厂区里有一个中国酒源馆，馆里有一面墙，墙上是铜铸的字，凹凸密布，全都以“酉”为部首偏旁。“酉”，象形，看着就像个酒坛子；从“酉”的字，多与酒或发酵而成的食物有关。这面墙上的字很多已经不常用了，有些不查字典不敢读，很多的历史信息却在这些字里面保存着。排列在一起，真有点儿让今天的人惊讶和震动：有这么多啊。那也就是说，与酒关联的历史信息的丰富程度，恐怕要超乎我们一般的想象。

我忍不住拍了一下这些字，同行的昌切教授注意到了，他后来由此引申谈论酒的历史和文化。我谈不了这个，我只是直观感受这些字。里面有一个“酲”字，酒病曰酲，《世说新语》里面讲过“五斗解酲”的故事，说的是刘伶，中国古代大有名的酒徒，写过一篇《酒德颂》，他喝五斗酒来解酒病，是为“任诞”。现在喝酒，上顿喝醉了，下顿再少喝一点儿，我们老家的说法是“投一投”（或者应该写作“透一透”?)，也算是以酒解酒的古风吧，据说还有点儿科学道理。

来茅台当然得喝酒，虽然不够酒徒资格，美酒当前，还是有些兴奋。在这里喝过了茅台，回想一下，或许约略可知以前喝的茅台是真是假；储存下这里的味觉记忆，或许可辨别以后所喝茅台是真是假。这当然是小事，却也不妨看成大事，喝那么多年的酒，是真是假，还真不能说一点儿不重要。

豪饮之士，光是看着他们一杯又一杯，就让人羡慕。李白斗酒诗百篇，只是这么说说，就能想见其风采。有一年我在韩国教书，韩国人是颇以他们的酒量自豪的，我就告诉他们李白的两句诗："百年三万六千日，一日须饮三百杯。"这气概，吓住了他们，他们哪里敢想。

我实在酒量差，常以苏东坡的诗自我安慰："我饮不尽器，半酣味尤长。"苏东坡喜欢喝酒，也喜欢写喝酒，写了那么多，可酒量不行，与李白就是两种喝法了。苏东坡对大量写饮酒诗的陶渊明情有独钟，隔着漫长的时空追和陶诗，后人再隔着漫长的时刻读陶渊明读苏东坡，说余味悠长，都显得太轻了。陶渊明的诗我很喜欢《读山海经》里的两句："欢言酌春酒，摘我园中蔬。"春酒，历冬而成，季节转换的时间过程也在酒里了。

汉字里那么多与酒有关的字，古人写了数也数不过来的与酒有关的诗。以前没有想过，忽然就觉得这是个有意思的问题：为什么中国古典诗歌里有那么多饮酒的诗？酒这种造物，既普通又特殊，既是物质又直接作用于精神，既为日常生活所需又带来超出日常生活的感受，言语难穷其妙。想一想吓一跳，古典诗歌里如果去掉写酒的诗，会逊色黯淡多少。

我有个朋友，酒量不大不小，有一次喝了一瓶，醉了，摇摇晃晃骑了自行车赶路，摔到路边，又从路边的坡崖上滚下来，睡了一觉。醒来查看，毫发无伤。喝酒的人说，是酒保护了他；反对喝酒的人说，纯粹歪理，瞎扯。这样的事，这个道理，其实古人早就讲过了。《庄子》这本里说："夫醉者之坠车，虽疾而不死。骨节与人同而犯害与人异，其神全也。"酒醉使人"神全"，"神全"而免于伤害，这是不是庄子之徒喝多之后的胡说八道？还真不好一句话说死。苏东坡说，"坠车终无伤，庄叟不吾欺"；既然酒醉"神全"，"神全"时刻说的话也必不同凡响，所以苏东坡接着说，"呼儿具纸笔，醉语辄录之。"

偏僻之地，重山远水之间，赶上隆重的重阳节祭酒祖大典，遇雨，仪式如常。这其中的庄敬，令人对这造物，这造物的历史，这历史绵延中普通人的劳动、智慧和创造，不由得心生肃穆。但酒又是亲切的，与人相亲，也使人形神相亲。

二○一四年十二月十日

小　花　园

施蛰存《金石百咏》油印本

相辉堂西侧的蔡冠深人文馆展出复旦大学珍藏近现代名家翰墨，听说有沈从文的信，我去一看究竟。信是写给李石英的，谈的是乐舞，遗憾的是只有后半部分，缺前面一页。整个展览倒是丰富精彩，一百一十八件展品，可说之处甚多。我个人最感兴趣的是施蛰存一九七六年致唐兰信札，把它抄录了下来：

立庵先生道席：

月前得汴中李君来函，得知拙作《百咏》已代寄一本达文几，甚为惶悚。此闲寂无聊时所作，汴中小友，愿留一本，因为付油印。初不敢传入都门，贻讥大雅。今既已劳清鉴，尚祈不吝指正，并求弗为宣扬，幸甚幸甚。舍于一九三九年在云南大学，曾奉芝宇，今已不忆是浦江清兄抑向觉明兄之介，两君俱已作古，常为怆恨。阁下曾赐法书一纸，与魏建功先生同时所惠一纸，今尚在敝箧，或阁下亦不忆矣。去年得一拓本，似钺铭，检著录未得，疑是

齐赝，另纸录奉，阁下必知之，顺便请教，乞审定惠示。舍解放后即在华东师大，去年已休致矣。手此即请

撰安

施舍顿首　一九七六，六月十日

上海愚园路一〇一八号二楼

这封短信因《金石百咏》而写，顺便忆及昆明时期的交往，请教拓本问题，告知自己的情况，每一方面都寥寥数语，却掩不尽沧桑之感。

一九七一年一月，施蛰存开始写《金石百咏》，至五月即完成初稿。据周退密回忆，他把《阿育王寺常住田记》拓本送给施蛰存，并附一首七言绝句作为“陪嫁”，“不料这首略有意境的小诗，居然引起施老的绝大兴趣。这便是他后来另一部力作《金石百咏》创作的缘起。”六月，施蛰存写序诗：“归心逸志无长策，石藓铜花遣暮年。得句偶然随兴会，属辞何敢落言筌。”

施蛰存三十年代编《现代》杂志的时候结识了写诗的李白凤，解放后李白凤离开上海在开封师范学院任教，两位老朋友历经社会动荡各自遭受无妄之灾后，兴趣都从文学转移，在施蛰存“索性往古碑里钻吧”的同时，“白凤也索性钻进了书画篆刻”。“我托他在开封收罗金石拓本，他托我在上海买书、借书。”（《怀念李白凤》）一九七五年，佟培基（即信里说的“汴中小友”）受李白凤委托，由开封来上海拜晤施蛰存，商量《金石百咏》刻印的事。至一九七六年四月，李白凤帮助刻写的油印本印出五十册，分赠同好友人。

唐兰收到《百咏》和施蛰存信后，复函指出“师田簋九十四字，

实为伪刻，梦坡所藏钜器十九皆伪，邹适庐眼力不佳，或有意欺人耳。此绝是否可以删削，另易一题，当较全美。”施蛰存六月二十四日回复唐兰：“诗既凡庸，又无甚高论，固无当于著作，然要当不妄，承教师田簋为伪器则妄矣，梦坡室器得拓本数十纸，知其不足信，然此器邹适庐无疑辞，故取之，不意其亦伪也。夜雨雷钟所得正是‘雪堂珍秘’拓本，昔读其跋，不无可疑。后见其著录于‘梦邦’故亦信之。如公言则亦摹刻矣。以上二诗并当删却，请公先为抹去，他日当补印二诗入之。”

施蛰存“从立庵先生教”，修订《百咏》，并嘱李白凤帮助另纸油印改易之诗，插入油印本内。十二月下旬，修订后的《百咏》托开封崔耕帮助再次油印五十册。

一九七九年二月至十一月，《金石百咏》在香港《大公报·艺林》连载，凡二十期。

一九八九年，巴蜀书社印行施蛰存的《北山集古录》，内收《金石百咏》，并附“师友评语”，是唐兰、容庚、陆维钊、周大烈、程千帆、胡士莹诸位当年受赠油印本后，复信里面的话。

二〇一二年一月十四日

小花园

上海译文出版社的朋友告诉我，诗体《莎士比亚全集》很快就要印行，这是第一套全诗体汉译莎翁全集。这让我想到主译者方平先生，已经不在五年多了。当时看到他去世的消息，猛然想起十多年前他曾邀我去他的小花园坐坐，而我竟然没有前去拜访老人，懊悔不已。人在年轻的时候，不知道自己会错失什么，这也是年轻的一个意思吧。

方平先生年轻的时候是个诗人，一九四七年出了一本诗集《随风而去》，那年他二十六岁。也是在这个时候，他开始翻译莎士比亚的故事诗《维纳丝与阿童妮》，从此放下了诗歌创作，转而从事翻译。那一本薄薄的《维纳丝与阿童妮》，他前前后后花了六年时间，五易其稿，才算译定。这一方面说明译诗之难，也说明在那个年纪，方平先生就是一个多么认真耐心的人。

方平先生晚年，倾全力以诗体主译《莎士比亚全集》，不可不谓一个壮举——虽然他一生平淡谦抑，不会把“壮举”这样的词用到自己身上。要他自己来说，也许只会说是实现一个心愿。一九四四年，曹禺为成都的一个剧团以诗体翻译了《柔蜜欧与幽丽叶》，这是第一个莎剧诗体译本。方平先生谈到曹禺的诗的语言，总是赞叹；此后，又有孙大雨、卞之琳、吴兴华和方平的诗体莎剧译本。到七十多岁，方平先生可以全身心投入到自己的心愿上了。

一九九六年一月或二月，我那时还在《文汇报》工作，写了一篇专稿，介绍方平先生的诗体翻译。稿子在《文汇报》发出来后，《作家文摘报》转载，我把转载的报纸寄给了方平先生。方平先生写了封回信：

新颖先生：

新春好！

承特地寄赠《作家文摘报》，已于上月中旬收到，甚谢！

做一个文学翻译工作者已习惯于在默默无闻的工作中寻找自己的乐趣，求得心之所安，我常说这是坐冷板凳的事业。蒙美意以较高的规格专栏介绍，使文学翻译工作者感受到亦有机会受到社会上的关注，那是十分感谢的。

鼠年春节，我几乎没有什么走动，埋头以诗体翻译《理查二世》，莎翁的这一著名历史剧，可说是我翻译的十八个莎剧中难度最大的一个，甚至超过了《哈姆莱特》。

舍间有一小花园，春暖花开后，得暇盼光临一叙。祝

编安！

方平

1996.3.2

方平先生住在太原路那一块儿；没去小花园听老先生说说话，听他谈谈“心之所安”的“乐趣”，是多么不经心、不懂事的错误。二〇〇〇年，《新莎士比亚全集》出版，主译和修订的方平先生既欣慰又有些许遗憾。八年后方平先生去世。

方平先生一生钟情莎士比亚，但别的译作也很多，《十日谈》、白朗宁夫人的《抒情十四行诗集》等都是名译。我听导师贾植芳先生说起过，方平先生是邵洵美的女婿，做媒的是我的师母任敏先生。有一次开会贾先生碰到方平先生，说我夫人给你做媒，我很喜欢你译的《十日谈》，请你送一本。方平先生当然很快就送了来。这说的是八十年代的事，在此之前，五十年代前半期，方平先生的译作都送过贾先生，一九五五年“胡风反革命集团案”发，贾先生所有的书，当然也就都抄走了。我看到贾先生一九五三年给胡风写的信，推荐方平先生的译作：“兹寄去方平先生所译莎士比亚喜剧《捕风捉影》一本，这是一个有恒心的青年，他甚愿得到你的指正。”一九五四年又有一信，“友人方平译的莎翁，续出了一本，连同《十日谈》一本，一并寄你。”

有一本弗罗斯特的诗集《一条未走的路》，在方平先生的翻译里面不算常常被提起的，我大学同班同学给我一册，我很喜爱，至今时不时要翻翻读读，读译诗，也读他每首诗后面都写的阐释。他做了一辈子翻译，却屡屡谈起自己翻译时“心虚胆怯”；他深知翻译的先天性遗憾，却从不因此而懈怠译者的责任。老翻译家有时诚惶诚恐得像个小学生。每次拿起这本《一条未走的路》，总想起我没去过的小花园。

二〇一四年一月十五日

点滴

——悼念章培恒先生

办公室斜对面的屋子里，几个学生在无声地叠纸鹤，叠好了的就放在桌子上，已经摆成白色的一片。我看了一眼，又看一眼，不忍再看，就关上门，默坐着。想起就在前不久，中午在学校餐厅吃饭，碰见郑利华教授，向他问起章培恒先生的近况。郑利华是章先生的学生，常常陪侍，我已经不是第一次向他打听章先生的病情。这次他说，和章先生聊天，章先生开玩笑道，张新颖说请我吃饭，到现在还没有请。我听了，仿佛可见章先生其时的语气和神态。这个玩笑让我很开心，我想着，既然章先生还记着这回事，那等他病情缓和，能够出来吃饭时，我就真可以放下怕打扰的顾虑，好好请他。

等来的是去世的消息。

我入大学那年，一九八五年，章先生是系主任，给新生讲话，别的都忘记了，只记得一个意思，就是，中文系是培养文学研究人才的，不是培养作家的。对于一群刚刚高中毕业、怀抱文学梦想却什么也不懂的我们来说，多少有点当头棒喝。不久章先生就不再做系主任，也没有给我们这一级上过课。没上章先生的课是很遗憾的事情，以至于很多年以后，我重回复旦读博士的时候，还跑去听章先生偶尔给本科生开的讲座。

章先生多次讲过，他一生所学，主要得益于三位老师，朱东润先生、蒋天枢先生、贾植芳先生。我做了贾植芳先生的研究生后，就有很多机会接触章先生，这样的机会，又大多是在饭桌上。贾先生家里酒席常开，围坐的是老中青几代学生，随兴谈笑，海阔天空。章先生自己也喜欢请客，邯郸路国定路口的小饭店红墙、蓝心，有几年是常去的地方，直到饭店拆除。章先生喝酒是有名的，常常意犹未尽，约好一群人第二天再来。要说我欠章先生酒饭，那可不止一次两次。

按说这样就该熟起来了，其实并不，我心里对章先生始终是敬畏的感觉。我向他请教过关于鲁迅、关于周作人的问题；离开学校工作以后，还曾到他家里听他谈武侠小说。我有时候会想，章先生以古典文学研究为业，可是比我这样的专门研究现代文学的人更懂现代文学；就连武侠小说，我一度迷过，可也远远没有章先生读得多。后来听葛兆光先生说，章先生和他比武侠小说谁看得多，拿最烂的来比，互相问看过没有。

记得是上个世纪九十年代初，一次晚饭后走在国顺路上，我问章先生："《全明诗》什么时候能编完啊？"章先生主持《全明诗》的搜集、整理、编纂，规模巨大，他的要求却极为严苛，一丝不苟，那时候刚出版了两册还是三册。章先生的回答让我心里一震，现在回想起来还是震撼："恐怕到我死的时候，还没有编完。"年轻如我，真的很难想象和理解，一个人会那么严肃认真地做一件在有生之年不能完成的事情。

我硕士研究生毕业的时候，工作落实得晚，研究生院的人说，因为我是从山东来的，档案已经寄到了山东省教委，应该回山东找工作；我要留在上海工作，必须先征得山东省教委同意，拿回档案。我实在想不到还出了这样的事。章先生听说后，让人带给我一封信，信是写给山东省教委一个熟人的。拿到章先生的信我很意外，我根本没想到要为这样的破事麻烦章先生，更不知道章先生有这么一个熟人。后来这封信没有用上，因为我的档案根本就没寄到山东省教委，那边的人说你要在上海工作根本就不必他们同意。我这才明白是研究生院为了早早完成他们的分配工作，要早早把我打发走。应该感谢他们，使我有了章先生的信，保存至今。

一晃很多年过去，我已经不再年轻，倒是一点不觉得章先生老。不幸的是章先生罹患癌症，反反复复地治疗，遭受长久的折磨。章先生生病之前，从早到晚都是在办公室，连吃饭也常常是钟点工送来；病重之后，就只能在家里和医院之间进出。偶尔见到他几次，谈起自己的病，他总以特有的幽默，开开自己的玩笑。

《中国文学史新著》就是在重病期间完成的。章先生坚持出席了这部著作的专家座谈会，那是二〇〇七年十一月吧，却只能坐一段时间，就不得不离席。我受邀参加座谈会，心里很清楚哪里有这个资格；发自对章先生的敬仰，我谈到阅读时一种真切的感受：章先生固然是一位主要精力用来研究古代文学的学者，但是我觉得这部书是强烈体现现代文学精神的中国文学史著作。章先生为什么对人性和人性的发展“耿耿于怀”呢？我觉得这里面有二十世纪的中国人、几代中国人艰难挣扎的痕迹在。从这个角度讲，这部书不仅仅是研究中国古代文学史的著作，而且也是中国现代文学史的一个重要组成部分，是我们今天的文学研究的一个重要组成部分，也会成为后世研究今天的对象。我还说，这部文学史的雏形，应该是课堂上的文学史教学。有个性、有自己想法的文学史教学是复旦的一个传统，在这样一个传统里面诞生这样一部文学史，是顺理成章的事情。

但顺理成章的事情仍然困难重重，不身在其中，总难体会。现在章先生走了，该是轻松了吧。倘若章先生能够对自己的此去说点什么，他会不会还以那特有的语气、神态，再开个玩笑呢?

二〇一一年六月九日

杂忆《逼近世纪末小说选》

——陈思和老师的几封信，我还记得的一点事

一九九四年夏日的某天，晚饭后，我从外滩往九龙路走。那时候我在《文汇报》上班，办公楼就矗立在外滩边上。我对那幢大厦怀有感情，因为我在那里待了四年。我离开那里不久，报社就搬迁了，但那座大厦还在，每次经过，还是会特意仰头望望。不知道是哪一天，坐车过高架桥，习惯性去看那座楼，却没有看到——没了。后来我才知道，被拆毁了。我真是震惊，那还是一座没有多少年的大楼。我想象着拆毁后的废墟，但没有去看。

好像一开篇就走了题。世事沧桑，回忆起来不免感慨。我要说的正题，也是旧事了。趁记忆还没有完全变成废墟，赶紧记下一鳞半爪。

二十分钟后，我到了九龙路陈思和老师家里。通常是在客厅或小书房里聊天，但那天天气热，陈老师让我坐到了阳台上。高层公寓的阳台，轻微的夜风吹过，还是凉快的。那天也不是随意聊天，是商量编选《逼近世纪末小说选》的事。之前也谈过多次编个年度小说选，这一次算是正式定下来了。名字是陈老师起的，他很喜欢

“逼近”这两个字，有一种在进程中的紧张感。后来他在第一本的序言中说：“它用倒计时的方法，描绘一种向世纪末的精神极限不断逼近的文学现象，这项工作从现在起大约需要六年的时间，以《逼近世纪末》为总题，一年编一本，直到二〇〇〇年完成。这是一个在临界面上挖掘生命意义的工作，看看我们这个时代的知识分子是怎样勇敢地迈过这一道世纪之门的。”

陈老师确定了编选小组，加上李振声老师和郜元宝，一共也就四个人。在此之前，四个人在将近一年的时间里，讨论九十年代重要的作家作品，以系列对话的形式，发表在《作家》杂志一九九四年的第四、六、八、十和一九九五年的第一期上，一九九六年由人民文学出版社出了一个小册子，叫《理解九十年代》。这个讨论应该算作编选工作的准备吧，虽然开始讨论的时候并没有编小说选的意识。

一九九五年，上海文艺出版社同时出版了第一、二本，第一本的范围是一九九〇至一九九三年的小说，第二本是一九九四年的。此后每年出一本，直到一九九八年出第五本。

编选过程中的事，确实，我已经记不得了。我只记得有一年我去广州参加书市，在哪家书店的角落里看到一本华夏出版社印制得不怎么讲究的小说选，《革命时期的爱情》，作者王小波。我们就从书里选了同名的这篇作品。那时候哪里会想到，后来，王小波这个名字——我一时找不到合适的词，没关系，反正后来，谁人不知王小波呢。

有幸的是，今天能找到一些文字。我指的是陈老师给我的几封信。本来，在同一个城市，不会通信；但其间陈老师到早稻田大学待了半年，要商量事情就得写信了。

第一封信是一九九五年十一月写的："去日有半月余，不知你考研之事结果如何，甚念。希望能顺利过关。"那时候我正准备回复旦读博士。"我在这里，生活、工作都很好，只是早稻田图书馆除《上海文学》、《收获》、《十月》外，几乎没有今年的文学杂志，所以你们选出小说后，将复印一份，交郏宗培，要出版社寄我（最好特快专递）。同时，如可能，望你写一份入选作品的说明，谈谈你们的想法，以便我作序参考。""如上次的《逼近世纪末小说选》有，再给我买几套，让秀春带来，我可送送人。"

一九九六年一月二十七日信，完全是谈小说选，批评了初选里面的几个作品，其中说道："××的那篇毫无意思，虽然最后结尾略有机智，但在总体上说平庸之极。"毫不含糊，见出陈老师尖锐的一面。陈老师又提出一个想法："今年因长篇见好，能否入选一个李锐的《无风之树》，这个长篇不太长，不过十几万字……这虽属破格，也表示我们的眼识。请你与魏心宏、郏宗培商量一下，这本集子的字数不能低于二十五万到三十万之间，因前二本虽略厚，但若相差太多，也不好看。这类书只要坚持下去，宣传得当，有了一定声誉，会销得好。不要做得缩头缩脑，反而顾此失彼（郜元宝写过《无风之树》的评论，可以选用）。请速与心宏等联系为盼（《无风之树》下一轮应该获奖，可以带起其他作品）。"

我这里还保留了陈老师写给魏心宏信的复印件，是一九九六年三月六日写的，照抄如下：

心宏兄：

你好。来信收到。知兄等已对《小说选》作了十分精心的安排，甚为欣慰。这次因我不在上海，许多工作让朋友们多费了不少心，心中很是感激。李锐《无风之树》，至今我认为是九五年最有风骨的作品，是值得破格推荐的。其他几种作品的增删，我都没有意见，只是韩东的《障碍》删去有些可惜，我原计划在序中要推荐它的，后来才知被删去，但序已写了一半，再删觉可惜，只好保留着。好在这种情况在第二篇序里也有过，所以就不改动了。原来计划序写两个部分，一是碎片的世界，谈新生代小说，以张新颖的一段话为引子；二是谈长篇的成就，以郜元宝的一段话为引子。结果写下来，第一部分已达万字，再写下去，起码是二万字，作为一篇序言，觉得太长一些；其次一个原因是，年初日本大学图书馆都装订旧杂志，所以九五年杂志借阅不到。我好容易从各个大学朋友自己手中凑了一些刊物，若要看完后再写评论，非到三月底不可，这又是你们出版时间不允许，所以想下来，还是着重写了第一部分交账。须兰新换的那篇我没有看过，所以无须介绍，以后再看机会弥补。这篇序我没有留底，请兄代我复印一份交张新颖，请他在文字上、内容上再帮我把一下关，是否有不妥的地方（他对新生代作家作品把握得较好一些）。另外，这篇序若能在《小说界》发，最好，如不能发，就请新颖对它作些删节，将关于长篇的结尾部分删去，然后寄《花城》（可寄花城出版社刘钦伟先生转《花城》编辑部），一来是他们约过这方面的稿，可以寄去还债，另方面让这本书在南方作点宣传，扩大影响。

我大约四月二十五日左右回上海，那时这本书可能已出版，若需要我做什么宣传，我可以配合。

这封信可能是魏心宏复印给我的；没过几天，我又收到陈老师来信："《小说选》的事，你费了不少心，我很感激。魏心宏来信，也对你的认真态度赞扬有加。序已写好寄魏，我让他复印一份给你看看，有没有需要修改的，因为这次主要是你在操作，有些意见更重要。"

但这篇序言紧接着又写了下去，原来计划谈长篇的部分在三月下旬写好，所以陈老师又给我一信："《关于长篇小说的历史意识》一文请再复印二份，一份可以寄给林建法，在《当代作家评论》上发一下，另一份可给魏心宏，问他一下，能否将这篇与上次寄去的《逼近世纪末》序合在一起，即从原序的'构筑起一个无名时代的世纪之门'处接下去。放在《小说选》里的序不要标题，就用'序'，然后在引你的那封信前空一行，引部元宝信前再空一行就行，两个小标题都不用。如魏心宏说已经来不及插入，也就算了。"后来还是加上了。这一时期陈老师还在编他的一本集子《写在子夜》，这篇长序就分成了两篇文章，一篇题为《碎片中的世界》，一篇题为《碎片中的历史》编入。

这个系列出到第五本，即一九九七年那一卷，就没有再出下去。其实一九九八年那一卷基本编好了，现在能够找出陈老师的两封信与此有关，应该是一九九八年年底或者是一九九九年年初写的吧，那个时候他在韩国，已经用电子邮件了。这两个邮件能保存下来，因为是由孙晶转的，孙晶打印下来给我的。一个邮件说："我读完了《逼近世纪末小说选》的作品。刘志荣寄来的《人寰》也收到。两部长篇都选得很好。中短篇里，莫言的两篇最好，舍不得放弃其中任何一篇，但从叙事特色入手，就选《三十年前的一次长跑比赛》吧。……白桦、卫慧、迟子建、杨向荣、佚名、西飏的都可以。但××和××

的作品不好，希望不选……能否选一下方方的《过程》，王安忆的作品本来不想选了，但看目前的情况，选它一篇还是当之无愧的。你决定后就安排人写简评，并把目录送出版社。序等我改完文学史再写。争取回来之前完成吧。目录最后定下来可告我。”第二个邮件是关于网上作品，严锋推荐了一篇《林斗在 1978》，陈老师看后的意见是：“所涉及到少年的心理，以前都是陈丹燕们为孩子写的，这篇却是写了给成人看的，很有趣，似乎开凿了一个新的窗户。只是太粗糙一些，缺乏剪裁。你看怎样？听你的意见。”

要是没有这些信件，上面的这些细节也就无从回忆了。不知从什么时候起，我变成了一个记忆力很差的人。

但我想起了一件事，前些日子在酒桌上讲了。

还是陈老师在日本的时候，有天晚上我打电话给他，商量选目等等。我是在国年路拐角的一家小店打的。那时候，一些小杂货店常常会在柜台上放一部电话机，旁边挂个牌子，写着“国内国际长途”一类的字样。谈到具体的作家作品，谈到这个选本的追求，谈到处理这个过程中出现的问题，陈老师说了很多，很多。放下电话一结账，差不多两百块。我知道国际长途很贵，但不知道这么贵。我还是做出很从容的样子，连问都不问一声就付了钱。那时候我已经离开《文汇报》重回复旦读书了，每月有三百块钱生活费。

听我讲了这件事后，陈老师问：“你以前怎么没说起过？”

是啊，我以前怎么就没有讲过呢？怎么现在就讲了呢？

现在讲讲，也算赶上了时代。你知道，现在这个时代，不论我们开始谈论的话题是什么，到最后，总是会谈到钱上——或者是钱的变形物，譬如房子。

那么就从俗，继续谈谈钱。编选费大概是千字十块到二十块之间，具体我记不清了，也许是十五块；每篇作品要写一个简评，每篇简评五十块。记得有一次我专门去给周毅送过五十块钱简评稿酬。这样算下来，每本书编选者大概可以分个千八百的。

二〇一〇年五月十五日

乡音到耳知家近：记张炜

上个世纪九十年代，大概是九四年，在上海衡山宾馆的电梯里，我和张炜第一次相遇。说是一见如故，有些不恰当，我比他小十一岁，而且他早已享有盛名；不过，我的确感觉他是个熟人，他也不把我当成初识，出了电梯，拉我到他房间里，胡乱聊天。聊了些什么，当然早忘了。

我记得的是第二天下午，在江宁路王安忆的家里，张炜，韩少功，王安忆，他们三个人同代作家闲谈，放松，随意，不大的屋子，亲切的氛围，话题不离文学。张炜筹划办个杂志，起个什么名字呢？《葡萄园》是他想的一个，不太满意；韩少功有个建议，牵扯到一个英文词，spring，既是“春天”，又有“泉水”的意思，我忘记了韩少功说的名字，却清楚记得他解释这个词。好长时间之后，这个杂志出现了，叫《背景》，以书代刊的形式，只出了几期。

第二年五月，我收到张炜一封信，说陈思和老师到济南，和他谈起我，陈老师担心工作会“弄伤”了我的心情。张炜嘱咐我，要“设法愉快”，他说有一类人容易沮丧，又重复一遍：“你要愉快。”

此后二十多年，我们时不时碰到，在不同的地方，因为不同的机缘。

有一年我去济南，参加陈占敏长篇《沉钟》讨论会。陈占敏是张炜的朋友，我的招远老乡，对文学，有圣徒般的热情、刻苦和严格，作品坚实又才华出众，声名不显，少有人注意，张炜常为不平。过了十几年，陈占敏厚重的“黄金四书”出版，张炜又在万松浦书院举办了一个小会，我和几个朋友赶去，聊破寂寥。去年秋天在韩国，坐大巴车中途休息，我找到限定的地方抽烟，看见张炜走过来，忽然想起陈占敏作品的正经而多趣，就模仿小说中的人物说：“脑力劳动得吸烟哪。”张炜一笑，又说到陈占敏。他曾经写过一篇文章，称陈占敏是“齐国老顽梗”。

张炜创办的万松浦书院，离我老家三十里，建成后的头些年，我假期回乡，去过好多次。有一年夏天，陪坂井洋史和夫人晶子同往，住了一阵子。坂井是为翻译《九月寓言》而来，对万松浦的环境和气候，对院子里松树下冒出来的小蘑菇，对从一两千米外的小渔港以极便宜的价格买来的小海鲜，大为赞叹。傍晚在海边的防风林里散步，每走几步，张炜就会指着一个小沙坑，或是一小丛灌木，讲一个又一个小动物的故事，层出不穷。《九月寓言》日译本二〇〇七年出版，后记里坂井提到过这段难忘的生活。后来，万松浦书院周围建了很多房子，再后来，越来越多的房子包围了万松浦，防风林也砍光了，当然，雀鹰和云雀，野兔和刺猬，小蓟与松蘑，也都没有了。我也就没有再去。

二〇一二年春天，方方邀请张炜和我去华中科技大学驻校讲学，我们一起过了两个星期难得的日子。活动不算少，可是从原来的生活环境中暂时脱离出来，还是顿感轻松。我们住同一座房子的同一层，吃饭一起去附近的一家小店，点两三个家常菜；方方和华科大中国当代写作中心的朋友们与我们一起游赤壁，去闻一多的老家——闻一多老家房子坐落处，早已经是农田，庄稼青青。出游路上，一大片接一大片的油菜花在车窗外蔓延，明媚照眼。

去年十月，韩国要翻译出版张炜的短篇小说集，开一个会，我们在仁川机场碰头，坐车去庆尚北道的青松郡，那里是韩国作家金周荣的老家，他在这个偏僻的山区建了客主文学馆，研讨会就在文学馆举行。译者曾经在日本学中国文学，现在住在印度，她从新德里赶回韩国，和张炜确定最终篇目。几年以前我们也有一次韩国之行，参加中韩作家对话会，会议期间，曾经跟陈思和老师读博士的金炅南从首尔到仁川来看我们，张炜意外地从他那里得知，《古船》以前有韩译本，只是过了好些年，难以找到了。

这样不断的相逢，还有许多次。问题是，说这些，有什么意思呢？对于我来说，可真是有意思。其中很重要的，是听张炜说话。

有一次他说，小说的语言得有坡度，不能平推着往前走，得呈三十度角、四十五度角，不断变换着角度往前走，往上走。

最近一次他说，他现在可以做到，离开写作的房间，就不再想正在写的东西；写作过程中碰到困难，可以用不想的方法来解决——不想,其实是把它交给了潜意识，解决的效果可能比硬要去想、刻意地去解决，更好。

比起这些直接谈文学的话题，更有意思的，是谈生活经历。

譬如，他特别喜欢写果园，那是因为他从小就住在果园里，家庭成分不好，都不能跟村里人住一起，在果园里搭屋，一家人孤立地居住。

再譬如，他少年时代的流浪。他作品里常写到流浪，不少读者以为那是“浪漫”地想象出来的，其实他有很长时间，真地在大山里、在野地里游荡。有两年，他还到一个村子，帮人家造了两台机器——硫化机——生产橡胶制品。造机器的过程一波三折，听起来像天方夜谭，他后来讲给他妻子听，他妻子说："机器？木头扎的吧？"以为他瞎吹。他说："有两个仪表呢。"等他考上大学，才告别了他建起来的橡胶制品厂。

不同的作家，他的作品和他个人的经历之间，关系也不一样。有不少时候，我们可以完全不知道作家的个人经历而不影响阅读和理解作品；但也常常有时候，我们知道作家的实际生活，更能理解他的作品。我写《大地守夜人》和《不绝长流》的时候，跟张炜不认识，没有任何接触；后来交流多了，我觉得更能理解他后来从《家族》到《刺猬歌》一直到《你在高原》等等这么庞大数量的作品。所谓的理解，就是能感受他作品背后丰富的东西，明白他的资源和支撑，知道他是从哪里出发的，为什么要写这些，为什么要这么写。

当然，话题怎么可能仅仅在文学和经历上呢。大千世界，万物百汇，什么是没有意思的？单说一项，譬如鱼，张炜讲起来就总要克制，否则不知道要讲几天几夜。要说人事，奇异里有平常，平常里多奇异。陈占敏小说写过去一个女孩子包脚，包反了，脚趾朝上翻。同行朋友不信，抓到茬口，就来张炜老母亲这里找支持："大娘，你说包脚包反了，瞎扯八道，它倒能啊？"张炜母亲回道："怎么不能，大话妈妈的脚就包反了。"

说这些家乡事，自然用的是家乡话。胶东半岛，地方不算大，可各个县市说话口音差别不少；我的老家又奇怪，地处招远，说的不是招远话，却是黄县话，也就是和张炜一样的口音。所以我听张炜说话，一下子就是乡亲的感觉，一下子就能由这口音带回到我过去的生活世界。有些字、词、说法，过去我也常用，但多年离乡，不知不觉都沉到了记忆的底层，不期然从张炜口中听到，又从底层翻了上来，像与旧友相遇，又惊又喜。要不是有这么一个激活，我还以为已经丢失了这些东西。张炜不过是自自然然地以他习惯的方式说，我听着，内心里却在经历一个语言复活过程，及语言牵扯的生活世界复活的过程。张炜有部小说《丑行与浪漫》，似乎不怎么受关注，他有意识地大量用登州话，我读了感受很深，为此写了一篇《行将失传的方言和它的世界》。倒是坂井洋史注意到张炜的这部作品和我这篇文章，他特意写了一篇比我这篇已经不算短的文章更长很多的文章，认真地和我商榷讨论语言问题。

由地方的语言说到地方的差异，有一个阶段，我们共同感兴趣的话题是齐文化，特别是这种文化在语言上的表现，这种语言表现和文学叙述之间特殊的亲密性。我复印过我们学校史地所周振鹤的文章《假如齐同一了中国》给张炜；张炜呢，他不像我说说而已，他写了一本书，书名叫《芳心似火——兼论齐国的恣与累》。他写齐国的历史文化，可不只是掉书袋，自始至终，都融入了自己活生生的感受和深切的体会；本来，他就浸润在这个传统里面，置身于生活的实感经验中。

张炜写诗，给过我一本《张炜的诗》，水云社印，简朴的册子。我很喜欢里面短短的一首《童年的沙》，有一年在杭州参加张炜作品讨论会，我借这首诗隐喻——当然是不完整的隐喻——张炜的创作；这篇短文拉拉杂杂写到这里，不知怎么又想起这首诗，因为诗集不是正式出版的，我就把它就抄在下面，作个结束：

昨天我看见了童年的沙

弟弟把我拉到了沙的旁边
它的颜色依然如故
经过了三十年的融化
沙的上面已经没有了雪

我想起踏着烈日行走的棘藜
想起被无辜追赶的小蚂蜥
人的春天一闪就过去了
小蚂蜥再也没有了

二〇一六年一月十九日

初心

已经是靠二十年前的事了，我到张文江老师淮海路的家里听他讲钱锺书，听得兴奋，却只听过几次，不能听全，一直遗憾。那时候我刚毕业不久，在《文汇报》工作，时忙时闲。有一年到北京出差，住在报社驻京办事处，意外碰到张文江老师同住，听他倚靠在床上随兴闲谈，真是欣悦。前几年他遭逢大病，两次手术之后如愿康复，随即恢复讲课，我到丽园路他的新家听讲，客厅满座，有我的老师辈，同龄人，还有学生辈，围着还有些虚弱的他。讲的是《庄子》，正是我最想听的。那个学期完整听下来《庚桑楚》和《寓言》两篇。到下一个学期，因时间上冲突，又不能听了。

我年轻的时候不懂，曾经问过陈思和老师，为什么不请张文江老师到复旦去开课？后来读到《礼记·曲礼》里面的一句，“礼闻来学，不闻往教”，似乎多少有点想明白了（文江老师也许不同意这个解释，就算开个玩笑吧）。

这个暑假得到《古典学术讲要》（上海古籍出版社，2010 年），是讲记，根据录音整理的，讲《学记》、《史记·货殖列传》、《五灯会元》三篇、马致远《套数·秋思》、渔樵之象、《风姿花传》、《西游记》，都是我没有听过课的。于是像听讲一般，一篇一篇仔细读下来。这个酷热的暑期，读得最高兴的，就是这本讲记。

讲《风姿花传》的时候，有一段发挥，谈到中国现代文学。“中国现代文学的一些作家，他们的作品虽然享有盛名，在我看来还算不上好。但是他们在大变动时代中的生活本身，如果能看得透，倒是极好的‘诗’。青年时代离开家乡的憧憬呀，中年遇到环境压力的种种反应呀，晚年写不出好作品的焦虑呀，所有在作品中被遮掩而没有表达的东西，在实际生活中都已经表达出来了，这本身就是‘诗’。”

我的专业是中国现代文学，张文江老师的这个意思我心底赞同。我随手用铅笔在书旁写下：lost in writing 。明眼人看得出来，这是仿效弗罗斯特的名言，Poetry is what gets lost in translation 。“诗是在翻译中迷失的东西”，中国现代作家的“文学”或者称之为“诗”的东西呢？不能一概而论，但这种情况是存在的，而且具有普遍性：很多中国现代作家的“文学”或曰“诗”，是在他们的写作中“迷失”的东西。这并非刻薄的话，也不是贬低我自己的专业，而是要从这个地方窥探中国现代文学的一个有价值的研究领域，从这样一个现象开始：中国现代作家比他们的作品更有意思，作家大于作品，他们在大变动时代的实感经验，往往是比他们写出来的“文学”或“诗”更为丰富、更有魅力的“文学”和“诗”。

张文江老师喜欢讲人生为学的阶段和顺序，他选《风姿花传》来讲，大概也跟他一直关心和体会的这个方面有关。世阿弥的这本书，讲日本能乐理论，是从演员不同年龄、阶段的修习来讲的，最给我启发的，是不同阶段的互相包含。作者说他的父亲，“能”的高手，“年少时便掌握了将来要掌握的老年风体，老年时还保持着年轻时期风体”，这是罕见的大演员才能达到的艺境。张文江老师说他与这本书结缘，是因为这句话：“要了解十体，更要牢记年年去来之花。”这真是很好的意思：“‘年年岁岁之花’，则是指幼年时期的童姿，初学时期的技艺，盛年时期的做派，老年时期的姿态等，是说将这些在各时期自然掌握之技艺，都保存在自己的现艺之中。”一个人现在的状态，要保存着他初心萌发以来各个时期的“花”，谈何容易，做到了就了不起。

初心易失，不少人硬要想一想，也想不起来了。文江老师说，“初心后来没有了，人就一点点老了。”《庄子·养生主》里面说一把刀用了十九年，还像刚磨出来一样，“刀刃若新发于硎”，可能吗？可能。我就见证过这样的生命暮年的奇迹：年轻时代是“晨曦的儿子”，历经跌打滚爬生死劫难，生命之刃没有磨钝，没有卷折，更没有连刀折断，到老初心不失，给人的感觉，仍然是“晨曦的儿子”。

张文江老师说《爱的代价》这首歌，“还记得年少时的梦吗，像一朵永不凋零的花”，打动人就是这个初心。最近听刘若英的新歌《继续——给十五岁的自己》，人生的中途，感怀的也是这个初心。

二〇一〇年九月十九日

书的价值和价格

书的价值和价格，还有人对书的感情

要是你还不能决定是否花一个晚上读读里克·杰寇斯基（Rick Gekoski）这本《托尔金的袍子》（王青松译，上海译文出版社，二〇〇一年），那么你就花两分钟看看我这里复述的故事好了。

作者是个珍本书商人，他在一九八八年春季的待售书目录里列出纳博科夫的《洛丽塔》，一九五九年伦敦版，作者签名本，标价三千二百五十英镑。小说家格雷厄姆·格林看到后给他写了一封信，说如果你那本能标价那么高，“那由他签赠与我的巴黎版该价值几何?”一九五五年的巴黎版才是真正的首版，而且这正是珍本书商所称的“关联本”——作者题赠给另一位名人的书。四千英镑，他从格林那里把《洛丽塔》带了回来。第二天上午，一位朋友来访，对着《洛丽塔》两眼放光，开了张九千英镑的支票，把书带走了。故事还没有结束，一九九二年，他以一万三千英镑再次买进那本书，但不久又转手。过了十年，二〇〇二年，那本书在嘉士德拍卖会上现身：两万六千四百美元。

商人，当然讲的是交易，而交易，就有价格的高低起伏。但珍本书的价格，至少在这本书里讲的珍本书，似乎只是一路攀升。为什么呢？如果仅仅是个买进卖出的交易商，就未必讲得清楚了。

这本书的作者还是个文学行家，他在牛津拿到博士学位后，到一所大学教二十世纪文学，后来辞职专做书商，经营文学珍本，背后还是有专业功夫。所以他讲的故事，一半是交易，令人头晕目眩的价格高歌猛进；另一半是，这些作品的文学价值被承认之前，不受待见的屈辱、出版的一波三折、问世之后出人意料的成功，等等。对文学史了如指掌，又能把教书匠枯燥乏味的知识变换成活灵活现的情境进行叙述，再加上交易（价格是这个时代最牵动人心的东西了），而且是他本人参与其中的交易，这些"大作家与珍本书的故事"，就真的很好看了。

当然，如果你不是对书有感情的人，你也不会觉得好看。作者对书有感情，对他生意范围的二十世纪文学更是情深意切，所以说起一本书的前世今生，才会情动于衷，感慨系之，而不仅仅是精彩刺激的故事而已。

感情也和估值有关。在他看来，卡夫卡《审判》的手稿拍卖高达一百万英镑，"这还是便宜的：因为那笔钱连一幅贾斯伯·琼斯的劣作也买不到。"所以，当"垮掉的一代"代言人凯鲁亚克《在路上》的手稿拍卖的时候，嘉士德开足了马力大肆宣传，以求打破纪录。这份手稿是宽九英寸、长一百二十英尺的打字稿，展开来就是一幅长卷，看上去可不就是一条路。最终成交价是两百四十三万美元。买家打算带着这部长卷手稿，沿着凯鲁亚克当年的路线重走一遍，这个决定恐怕也有感情的因素起作用吧。

作为一个书从手上流进流出的商人，感情这个东西还真是个问题。"你承受不起多愁善感的代价，决不能和经手的书有太多感情瓜葛，发生太过深刻的联系。除非你腰缠万贯，否则你经手的书都不值得长久留存，无论你多么爱它们也不行。‘爱’这个字在此可能有些煽情，我使用它也有点犹豫不决。但是，每过一阵子就有一本书冒出来，散发出透切肺腑的吸引力，让你爱不释手，甚至为之心荡神摇，六神无主，无法割舍。”不断经历留存和割舍之间的感情挣扎，这生活，真够折腾的。

总有决不割舍的，在作者，是《尤利西斯》。一九二二年二月二日，乔伊斯生日这天，在巴黎寓所接到了刚刚印出的头两册书。出版这本书的，是一个年轻的美国女士，在巴黎左岸开“莎士比亚书店”，此前还没出过书呢。《尤利西斯》第二版的一本在二〇〇二年创下四十六万美元的高价，是当时二十世纪文学作品拍卖的最高纪录。“我拥有（是珍藏着）首版《尤利西斯》七百五十册中的一册，上面有乔伊斯的签名。”他不但不会卖它，而且不会碰它，不会去翻开来读，为了保持它的品相：“只要我一天不去翻开来读，它的品相会一直完好地保存下去。都活了这么大年纪了，我一直都能屏牢了不去碰它，可真是我人生的一大快事。”这种体验，算得上特别吧。

（岔开说件事，在巴金捐赠给北京图书馆的藏书中，有一本莎士比亚书店一九二四年出版的第四版《尤利西斯》，扉页上有巴金的墨笔签字“金”、图章和藏书章，书的背后盖有上海常熟路大同旧书店的“价格章”，书价是人民币四元。）

如果像我这样一个读者，可以从作者所谈论的二十部名著的珍本中选一种自己最喜欢的（当然了，只是说说而已，买是买不起的），我毫不犹豫会选——在作者最喜欢的二十世纪书籍中“名列第二”的——T. S. 艾略特的《诗集》，一九一九年出版，寥寥数页，封面如一幅油画。这本书是由小说家弗吉尼亚·伍尔夫和她丈夫雷纳德开办的霍加斯出版社手工印制发行的。这里的故事表面上平静如水，水面之下却可能暗潮起伏。我指的是弗吉尼亚·伍尔夫在制作这本书过程中的心理状态。一九一七年，伍尔夫夫妇买了一台印刷机、一套字模、制版框、活字盘，弗吉尼亚开始了半职业化的印刷工生活："检字、排版与印订书籍对弗吉尼亚具有一定的疗效，这一切把她从文学创作时紧绷的想象工作中解脱出来。"说得更明确一点，这有助于防止弗吉尼亚神经崩溃反复发作。曾经有一年的时间，《尤利西斯》的书稿因找不到印刷商就躺在伍尔夫夫妇家中，当然他们也没法接这个活，因为，按照弗吉尼亚排印的速度，要完成这个工作，差不多要四十七年之久。一九一八年，他们和一个白天在银行工作、晚上写诗的美国青年一拍即合，出版他只有几首诗的诗集。《诗集》共印制二百五十册，定价两先令六便士。"过去这些年里，我经手过五本不带签名的一九一九年版《诗集》，最近的一本售价是一万英镑。每一本书我都记得清清楚楚，有一本是红色布面花纹装订的，一本是蓝色布面花纹装订的，另外三本是大理石花纹纸面的，但都稍有不同。每当我闭上眼，它们每一本的模样就会在我眼前清晰地浮现，而我依旧怀念它们，仿佛是我一手抚养成人的孩子，待它们长大后，就放手让它们到世间去闯荡。"

一部文学作品的价值，它的物质化的形式（珍本、普通本、首版、签名本，等等）的价格，人对文学价值的发现和认识，对书的物质化形式的感情，这是不同层面的问题，通常我们都是分开来谈论的。这本书的作者却把这些不同层面的东西交织在一起，交织出五彩斑斓的书的身世和命运。

他是一个很好的"说书人"。

二〇一一年七月十七日

《阿丽思地下漫游记》以及赵译《漫游奇境记》

在牛津基督堂买了本小书，《阿丽思地下漫游记》，手稿本（*Alice's Adventures Under Ground*，The Original Manuscript，The British Library 2014）。收银员送一个蓝色袋子，上面印着 Home of Alice in Wonderland，并附一个会心的微笑。基督堂学院的数学讲师查尔斯·道奇森（Charles Dodgson）当年手写手绘，自己做了这么一本小书，送给阿丽思作圣诞礼物——这份礼物的“后身”《阿丽思漫游奇境记》，以后就成了世界上无数儿童的礼物。

阿丽思迷大都知道这个历史性的一天吧：一八六二年七月四日下午，道奇森和他一个朋友划船带三个小女孩游玩，三姐妹居中的一个，十岁的阿丽思，最受道奇森喜欢；孩子们要道奇森讲个故事，他一边划船，一边就讲起一个阿丽思的故事。听故事的阿丽思经常插嘴，有时就把故事引往意想不到的方向。晚上送孩子们回家，阿丽思忽然一本正经提出一个请求：道奇森先生，你能把这个故事写下来给我吗？

道奇森写下了这个故事，而且特别用心画了三十七幅插图，其中十四幅整页图，制成一本九十页的精美小书，于一八六四年十一月二十六日，离圣诞节还有一个月，就作为礼物送给了阿丽思：“给一个亲爱的小孩的圣诞礼物，以纪念一个夏日。”

好几位朋友鼓励道奇森出版这本书，他动了心，把这个故事做了修改，增加两章，书名变成了 *Alice's Adventures in Wonderland*，又请约翰·坦尼尔（John Tenniel）插画——他最初想过用自己费了很大精力绘制的插画，但终于因为不够专业而放弃。一八六五年，《阿丽思漫游奇境记》出版，作者署名刘易斯·卡罗尔（Lewis Carroll）——当然，这个名字的影响迅速就大大超过了作者的本名。

那本《阿丽思地下漫游记》的手稿，以后怎么样了呢？

一八八五年，阿丽思结婚五年之后，道奇森写信求借这部手稿，他打算复制出版，利润捐赠给儿童医院。阿丽思同意了。手稿复制的《阿丽思地下漫游记》一八八六年出版。两年后，道奇森去世。

一九二八年，阿丽思七十五岁，决定卖掉这部手稿。她出席了伦敦苏富比拍卖会，眼睁睁看着这份童年的礼物拍到了一万五千英镑，买家是美国书商罗森巴赫（Dr Rosenbach）。英国人当然不愿意手稿流出国外，但也无计可施。书商把手稿带回费城，卖给富有的收藏家埃尔德里奇·约翰森（Eldridge Johnson）。这位收藏家复制五十本，分赠给他重要的朋友。一九四六年，收藏家去世之后，这部手稿又在纽约拍卖，买下它的还是先前的那个书商，这一次，他花了五万美元。

这本小书的命运，基本可以想象，将在收藏和拍卖之间流转；不料发生了转折：著名藏书家罗森沃尔德（Lessing Rosenwald）说服一些富有的捐献者买下了手稿，要送还给它自己的国家，以此表达对英国人在二次大战中英勇牺牲的感谢。一九四八年十一月十二日，这本小书漂洋过海到了大英博物馆，美国国会图书馆馆长和坎特伯雷大主教进行了交接。

《阿丽思地下漫游记》现在是大英图书馆展示的众多珍宝之一；大英图书馆还藏有刘易斯·卡罗尔的九册日记。

《阿丽思漫游奇境记》第一个中译本是赵元任翻译的，一九二二年商务印书馆出版。一九八八年，我读商务出的英汉对照本，最使我感动的，竟然是赵元任写的“凡例”。至今想来，还是肃然起敬。为什么呢？

现在我们看到 he，she，it，不过脑子就翻成了他，她，它；不到一百年前，赵元任还要在“凡例”里特别提出来说明。“凡例”共十条，说的是这些问题：读音，读诗的节奏，语体，翻译，“咱们”、“我们”，“他”、“她”、“它”，“的”、“底”、“地”、“得”、“到”，“那”、“哪”，“了”、“嘞”、“啦”，标点符号。现在，这些大都不成问题了；可是现在的不成问题，得经历一个过程，得从问题开始。

这个过程，是现代汉语发展的过程；初始阶段的试验之功，后人享用，久而不觉。《阿丽思漫游奇境记》如今有众多译本，赵译在现代汉语早期的试验性意义是独有的。赵元任当初翻译这本书，除了因为这本书本身的价值之外，也有自己语言试验的目的，所以译者序最后特意说：“现在当中国的言语这样经过试验的时代，不妨乘这个机会来做一个几方面的试验：一，这书要是不用语体文，很难翻译到‘得神’，所以这个译本亦可以做一个语体文成败的材料。二，这书里有许多玩意儿在代名词的区别，例如在末首诗里，一句里 he，she，it，they 那些字见了几个，这个是两年前没有他，她，它的时候所不能翻译的。三，这书里有十来首‘打油诗’，这些东西译成散文自然不好玩，译成文体诗词，更成问题，所以现在就拿它来做语体诗式试验的机会，并且好试试双字韵法，我说‘诗式的试验’，不说‘诗的试验’，这是因为这书里的都是滑稽诗，只有诗的形式而没有诗文的意味，我也不长于诗文，所以这只算诗式的试验。”

周作人一九二二年介绍这本书，着眼于天真而奇妙的“没有意思”在儿童文学上的价值，也说及赵元任的翻译：“对于赵先生的译法，正如对于他的选译这部书的眼力一般，我表示非常的佩服；他的纯白的翻译，注音字母的实用，原本图画的选入，都足以表见忠实于他的工作的态度。”

以前我常在课堂上推荐赵译《阿丽思漫游奇境记》，而且建议对照原文看翻译，除了不用说的原因——原著的趣味横生，译文的曲尽其妙——我还希望我们这些享用现代汉语的人，能多少对自己时时在用的语言，有点儿历史的意识，不要觉得它是天上掉下来的，就好。

我当然知道，由《阿丽思地下漫游记》手稿说到这里，其实是不相干的两个事；我大概太过执念，借着这个机会，说这么个简单的意思，不嫌自己絮叨，也不怕坏了文章的作法。

二〇一六年九月五日

书和插图，时代和记忆

关于书的书，一向容易唤起我的兴趣。汪家明的《难忘的书和插图》（复旦大学出版社，二〇一一年）一见即喜，再自然不过。文字和图像交相辉映的阅读过程，愉悦，丰盈，兴味盎然；及至终卷，仍觉意犹未尽。

这是一本平实、亲切的书，作者把自己记忆中的经典著作和插图描述出来，介绍给读者，语言娓娓，极富耐心而情意诚恳。这构成了最直接、也是最容易被感受到的内容。我猜想，作者写这些文字的时候，主要意图也是如此单纯和朴素吧。

但是，在这一个内容层次之下，还隐含着另外一个层次的内容，那就是作者青少年时代的阅读。因为作者的本意不在叙述自己的阅读史，所以极少花费笔墨来写迷恋书籍和插图的“我”，而把篇幅主要用在对书和插图的叙述上。可是，是什么使得海涅、歌德、狄更斯、普希金、莱蒙托夫、笛福、雨果、陀思妥耶夫斯基、伏尼契、契诃夫等等这些各有鲜明色彩的人的作品，及其作品的插图，共聚一本书中，浑然成体，而丝毫不觉得是杂凑？是一个人的阅读史，是阅读的个人记忆。这是一条线索，也是一种叙述的内驱力。作者为什么要写这本书？只是“客观”地介绍一些伟大的著作和插图？作者的叙述偶尔触碰一下“我”，克制，低调，很快就闪开；然而，不正是这个“我”的经验和记忆，才驱使着他去重温那些书和那些插图吗？

一个人青少年时代的阅读，不仅仅是令人难以忘怀的过去的经验，还可能在成长过程中被吸收、消化，变成了自己的一部分，变成了自己的现在的一部分。

在这本书隐含的个人阅读记忆的层次上，有特别值得留意的地方。作者的青少年时代，正是“文革”时期。书里谈到的大部分作品及其插图，作者第一次接触多在这个时期。这就涉及到“文革”期间的阅读问题。

在谈海涅的篇章里，汪家明回忆道：“我是在一九六七年读到《诗歌集》的，钱春绮的中译本，新文艺出版社一九五七年版。那时‘文革’正酣，我们无课可上，就大读特读从各个中学被砸的图书馆里流散出来的书。我迷恋外国抒情诗，达到痴迷的程度：歌德、彭斯、拜伦、雪莱、普希金、莱蒙托夫、裴多菲……无论是哪位诗人，也无论是什么样的译本，都想尽办法找来通读。书来之不易，所以读得仔细，还抄了不少。”这样的个人经验不是孤立的，在同代人那里有一定的共通性。

在那个极端封闭的年代，外国文学和艺术所激发的热情和能量是异乎寻常的；另一方面，能够找得到的书籍和艺术作品当然是大大地受到了限制，数量极其有限，但与这种匮乏形成强烈对比的是，有限的品种所带来的心智上的兴奋、精神上的感染、灵魂上的震动，却大大超出了平常的反应。那是一个文字和图像都极度单一、匮乏的年代，但“地下”流通的书籍及其插图所释放和引燃的精神能量却相当丰富。这不只是一个简单的悖论，而关乎人对文明与生俱来的渴求：文明遭受破坏越厉害的时代，人对文明的渴求就越强烈。书和艺术正是文明的基本形式，阅读即是使自己置身于文明之中的行为。

汪家明特别痴迷书的插图，这固然与他个人青少年时期迷恋西方绘画、对图像有着强烈的艺术敏感关系密切，也与那个特殊的时代构成复杂纠缠的联系。他谈到莱蒙托夫的《当代英雄》时说："这样的地理、人物和故事，在我是无从想象的。几十年前，我初读这本书时，中国还很闭塞，难以找到更多的资料，完全靠书中的几幅插图，形成这些故事的背景和感觉。"说的是插图的辅助性的、实际的作用，就如同鲁迅当年印行《死魂灵百图》时说过的一个意思："……那时的风尚，却究竟有了变迁……凡这些，倘使没有图画，是很难想象清楚的。"但比这样的认识功能更重要的，是更加深入复杂、非常强烈却又难以言明的精神感染和心灵触动。施马里诺夫为《当代英雄》画的几幅插图，让当年的作者心潮起伏，无法平静："凝望这些插图，我曾经感到世界的渺茫和生命无意义的忧伤。"

作者说他之所以珍爱海涅的《诗歌集》，原本是因为它的插图："这是我在那个年代所能看到的最为唯美的图画"。"唯美"，当然不是那个年代的用词，这些插图和那个年代的气氛、现实，形成了什么样的比照啊："无论男女，都精致高雅，美艳绝伦；连树林、花草、海浪、家具也一笔不苟，很有古典气息，让人想起拉斐尔、安格尔的作品。"

汪家明在书的自序里说："最让我珍重的，还是普希金的《欧根·奥涅金》和《抒情诗集》的插图。两本书都是二十世纪五十年代出版的、查良铮的译本。"这句话，让我联想到两件事。

一件是，几年前我在芝加哥大学查找查良铮的档案资料的时候，一位研究中国文学的美国教授问我：为什么普希金在中国影响那么大？她说普希金在美国几乎就没有什么影响。我仓促的回答包括两个方面：一方面与时代有关，普希金在中国影响大的时期在二十世纪五十年代到八十年代；另一方面与翻译有关。我问她普希金的美国译者是谁？她说不出。我告诉她，普希金的中文译者，其中最重要的一位，是四十年代中国杰出的诗人穆旦，五十年代以后以本名查良铮翻译了普希金大部分的作品。小说家王小波写过一篇短文《我的师承》，从查良铮翻译的《青铜骑士》和王道乾翻译的《情人》谈起，说“查先生和王先生对我的帮助，比中国近代一切著作家对我帮助的总和还要大……我们年轻时都知道，想要读好文字就要去读译著，因为最好的作者在搞翻译。这是我们的不传之秘。”

第二件是有关普希金作品出版和插图的一个细节，我在巴金和萧珊的家书中读到的。查良铮翻译的普希金作品，《波尔塔瓦》、《青铜骑士》、《高加索的俘虏》、《欧根·奥涅金》、《加甫利颂》、《普希金抒情诗集》、《普希金抒情诗二集》，这些书出版于一九五四年到一九五八年间，出版者是上海平明出版社，以及公私合营后平明出版社并入的上海新文艺出版社。平明是巴金主持的一个小型出版社，萧珊帮忙，拉来查良铮的译稿。为了给作品配图，一九五三年九月二十日萧珊写信问巴金：“我们普希金的好本子有没有？查良铮已译好一部，但没有插图。你能告诉我，我们的放在哪个书架吗？”十月六日，远在朝鲜慰问志愿军的巴金仔细地回复说：“普希金集插图本放在留声机改装的书柜内，盖子底下。”

汪家明书中谈到的他在“文革”期间阅读的外国文学作品，大部分出版于二十世纪五十年代。翻译家、编辑、出版社在这一短暂时期的卓越工作，为后来几十年的读者储存了一些“精神食粮”，即使在“精神饥荒”的年代，也还有些可以私下流传的读物，提供一些“营养”，不至于什么都没有。对比眼下的时代，作者难免感慨，单就书的插图来说，“奇怪，据说‘读图时代’已经到来，而文学插图事业却乏善可陈。似乎是，这一行已经过时了，只能留在像我这样老脑筋人的记忆里。”

二〇一一年十月二十三日

失书记

我算不上藏书人，有些书丢失了，时间一长也就忘了，有聚有散，想得开。往高处说，人与书，亦何妨相忘于江湖。

不过，丢了十一年积存的书，不能完全释怀，也算常情吧？

一九九二年夏天，我分到《文汇报》，当时填表，有一栏是“参加革命工作时间”，犹犹疑疑地问了一下，才知道我这就是参加“革命”了。

文汇大厦在外滩，九十米高，二十二层，八十年代末期建造，一九九〇年完工。这一栋现代化大楼，在国内报业里面据说是最早的；文汇报人觉得更骄傲的是，资金由报社自己贷款自己还款，没花国家一分钱。我在文艺部，十五楼，办公桌对着落地长窗，有时候会觉得，哎，还真不错。

但我的宿舍就是另外一种景象了。宿舍在老大楼，下面是印刷厂，整天机器轰鸣，房间黑暗，脏，空气不流通。所以能不待在宿舍就不待在宿舍，好在老大楼和新大楼连着，到办公室很方便。

四年之后，我离开了《文汇报》，回复旦大学读书。宿舍里的东西没怎么搬运，拖着等以后。一拖再拖，等我终于要去搬运的时候，已经什么都没有了。

其实没有什么值钱的东西，心疼的是那些书。读本科和研究生那七年，买书都是精挑细选，因为买书的钱都是从生活费里省出来的；另一方面，这些书大都和一个人的青春经验、记忆相关，对自己还平添了一层书之外的意义。工作这四年，因为跑出版这条线，得到大量的书，老实说自己真正感兴趣的不多，除了少数一些，其他的没有了倒也释然；但也是因为工作了，有了点闲钱，买的书也多了，这些书没有了就不免难过。

我十八岁到二十九岁积累的书，绝大部分，就这样没有了。

后来时不时会想想那些丢掉的书。譬如，我读硕士的时候，贾植芳先生送我“中国现代文学史参考资料”中的“现代都市小说专辑”，上海书店原版影印，一九八八年出版，共十种：刘呐鸥《都市风景线》、施蛰存《将军底头》、穆时英《圣处女的感情》和《白金的女体塑像》、徐霞村《古国的人们》、黑婴《帝国的女儿》、杜衡《旋涡里外》、叶灵凤《红的天使》、徐訏《精神病患者的悲歌》、无名氏《塔里的女人》。我很喜欢这套书，想起这套书就想起这么件事：这套书的主编是贾先生，出版社给他的样书他给了我一套；但贾先生告诉我，这个专辑的真正主编是施蛰存先生，书目是施先生选定的。施先生跟贾先生商量说，我是此中人，有我自己的作品，不好做这个主编，请你来做吧。

一九八八年，我收到余华一封信，那时候他是浙江海盐县文化馆馆员，所以写这封信是因为他读了《上海文论》上我的一篇评论他小说的文章。我是大三的学生，余华的来信让我很兴奋，一直保存着，直到《文汇报》宿舍里的书消失之前：信夹在书里，跟着书一起没有了。三年前我跟余华说起这事，余华丝毫不以为意，随口说：一封信，算啥？我现在可以给你写一百封。当然，这是他夸张的瞎话，不能当真。

我写这篇短文一开始就写下了《失书记》这个题目，但其实我更不能释怀的，还不是失书。比起来，遗失一些书，还真不算啥。

我离开《文汇报》之后若干年，《文汇报》迁址，到了威海路的文新集团大楼。我每次经过外滩，总是会抬头望望我工作过的那座大厦。新世纪的哪一年，有一天坐车过高架桥，习惯性地去看那座楼，惊讶得半天回不过神来：没有了。

我后来才知道是什么外滩源改造之类的规划，把那座楼拆了。它的历史真短。

问题是，虎丘路50号文汇大厦不存在了。我在那里工作了四年，可是，从此以后，那里是哪里啊？

为写这篇短文，我在百度上查找到一篇学术文章，在北京某建设工程有限公司的网页上，题为：《22层高楼爆破拆除方案探讨》。我得借着这篇讨论定向爆破的文章，才能得到文汇大厦这个建筑的一些准确信息。这个讨论要把它炸毁、最终也得以成功实施的方案，成了这个建筑物曾经存在的证据。

二〇一四年六月十一日

明知是本差书，还买回来了

读大学那会儿，大门口里面，有个书店，就叫复旦书店。现在大概还有，不过二十年没进去过了。读书时候转着转着抬腿就进了，差不多就是遛弯儿一定会到的地方。那里面的书更新极慢，每次去看，基本没有什么变化。那可是八十年代中后期啊，阅读那么热闹，这个书店倒是不见啥反应。还不如中央食堂前面的小小书报亭，我记得风靡一时的《伊甸园之门》，讲美国六十年代文化，一九八五年出版的中译本，就是下课后那里抢来的。

为什么老是要到冷感的书店转悠呢？真是奇怪。

进去了，总得翻翻书，尽管没有多大兴趣。有一本散文集，我从书架上拿下来放回去早就超过十次了，每次读，不会超过两个句子，但再来，还是会重复以前的动作。

终于有一天，我把它买了回来。

为什么？是因为去的次数太多，要改写空手而归的历史？

是因为书价便宜？那本书真不贵，即使对于一个穷学生而言。可是，一本好书，如果因为定价贵而放弃，是常有的事，也容易理解；一本差书，因为价格低而买，就很糟糕了。在买书上，我还极少犯贪便宜的错误。

拿着书回寝室，内心很羞愧，怕被室友看到，就偷偷塞到了一个角落里。不用说，我根本不会去读。

若干年之后，我整理自己的藏书，竟然发现——那一刻，真是崩溃了——我有两本这个书！

另一本——是什么时候买的？完全想不起来。我知道，很多人都会重复以前的错误，可是买两本一模一样的、自己压根不想看的书，还是太离谱了。我真是觉得自己不可理喻，不可理喻地差劲，比那本书还要差劲。

平心而论，那本书算不上特别差；如果真特别差，倒有了一个买的理由——看看能差到什么程度；如果干脆是本坏书，这个理由就更充分了。遗憾啊，它算不上。它只是平庸无趣而已——想到这里，我一点也没有得到安慰，反而心里一惊：是不是它的平庸无趣和我自己的平庸无趣，不知不觉间有一种呼应？

我像要摆脱什么似的，赶紧把那两本书扔进了废纸堆，又赶紧叫来了收废纸的人。

这清除的工作还算干净，如今，我连这本书的名字也想不起来了。不过，有天夜里，忽然想起将近三十年的事，我仍然困惑不已，以致失眠了。

二〇一四年十月二十二日

珍重和爱惜

记黄德海

黄德海这人，有迂和执的一面。他是我最早带的研究生，毕业许多年了，还把我当老师，与现在教育形式的师生关系不太符合。很多人做得比他好，毕业了，师生关系就结束了，本该如此。这话听着像发牢骚，还真不是，因为我做老师的时候给学生的印象并不亲切，不会打成一片，坐在一起说话常出现间隙过长的沉默，令学生颇感压力和不自在；学业结束，各奔前程，也各有其难要应付，少些牵扯，相忘江湖，用力过好自己的人生，才是大义。

因为这层关系没有断，我这被动性格的人也就隔了一点距离，留心德海毕业以后的情形。让我不断高兴的是，他读书读得是越来越好了。当初他来我这里，我印象最深的是他读书算多，当然是比起同龄人来说。读得多，杂，也不知深浅，有明白的地方也有糊涂的地方，我看好的也正是这些。他那时候写文章给我看，我挑剔说，要写得清楚一点，简洁一点，语言上讲究一点。他用心，把话当话听。

离开我这里，他才真正开始了明显的进步。说实话，这不容易。这是把读书一直当回事的人才可能做到的。这其中有一个重要的因缘，就是他走进了张文江老师的课堂。张文江老师的课堂是在自家的客厅里，每周一次，来听讲的人职业不同，有教无类，年龄差不少，流动性也不小。黄德海大概是最忠实的，听了有多长时间？十年有吧？听讲之外，德海还帮着做些事，如录音整理讲稿，协助文江老师整理文江老师的老师潘雨廷先生的遗稿，不惮烦劳，得益其中。这是日积月累的功夫，日积之而不足，月累之亦不足，但一年一年，时间长了，就慢慢有了。幸亏德海并非太机灵的人，下得了笨功夫，也就能得到一些笨功夫的益处。

吴亮老师办《上海文化》，手下两个年轻人，逼着他们写文章，这一逼，真给逼出来了。刚开始张定浩、黄德海还不好意思全用本名上自己的刊物，后来大概觉得遮遮掩掩也不是长久之策，干脆开了个栏目叫“本刊观察”，每期亮相，很是抢眼。吴亮这一招厉害啊，给了年轻人发挥的空间，培养了人，又把刊物办得有声有色，有个性。现在又有更年轻的项静加入，也是写得一手好文章。我每期看《上海文化》，读他们的文章，感受向上的生气；这个刊物常常连载张文江老师的讲稿，我每见必读，读必有得，心里有时想，这一篇篇的讲记都是德海编发的，他一定有更多的体会。

德海在《上海文化》的文章多是关于当代文学，有板有眼，有问题有耐心的解释——当代文学批评，不知道为何而写，写了和不写差不多的文章多了去了；德海的文章未必有多少人能耐心读进去，但我读过总能知道他想说的是什么，能看出他的思路，他的关切。这其实不容易。他在《文汇报》笔会上的文章，所涉更广，行文也更自由。有一次我看到他谈乔布斯，吓了一跳。他写了一个叫“书间消息”的专栏，大概是笔会主编周毅和他商量出来的，周毅也是识人，作者也自知自明，说到底，德海就是个读书人，这个名字起得恰当。

话说“书间消息”最近的一篇，谈我的书《沈从文的后半生》，要发表了，周毅才告诉我有这么篇文章。这俩人一个月前商量了这么个题目，我后来知道这两三千字折磨了德海一个月。谈自己老师的书，说好涉嫌吹捧，说不好怕老师不高兴，德海会为这样的问题纠结，也就是德海了。避开这纠结其实也容易，就谈谈沈从文吧。我读到结尾，看到这样的话，顿生凛然：在不绝如缕的人间消息中，“觉察到时间不同寻常的力量，以及它壁立千仞的冷峻。”

二〇一四年九月十七日

《同时代的见证》序

五年以前，我写过一篇短文，叫《一个年轻学人和一个讨论问题的例子》，说的是金理。现在金理要我为他将出的评论集《同时代的见证》写几句话，我想起那篇短文，似乎没觉得有很多新的意思非要说出来不可。这五年来，金理在个人生活上经历了不少的变化，其间自然会有不少只可自知的人生体会；读书、问学、作文、研究，更是有值得称道的成绩，有心人都能看得到，也无需我来多说。那么，我还能说什么呢？

平常我总以为关于金理我有很多话说，临到说的时候，语多塞口，反而不知从何说起。

一九九九年他进大学，三年级的时候我推荐他的一篇文章在《上海文学》发表，那篇文章让我惊喜，不是因为文章本身已经如何好，而是从这稚拙的文章里我能感受到一个年轻人的诚恳和向学。那篇文章其实不少地方是学着别人来思想和说话，但我似乎能够感觉出，那个学的人，将来有可能会消化掉学的东西而滋养自己的学。这也就是我通常看学生的论文，要看能否感受到写论文的人的原因。后来推免研究生，那一年我在韩国，给系里写破例推荐的理由，这理由自然不能说我相信金理将来会如何，说了也没有说服力，那篇发表出来的文章这时候倒是有了点儿实际作用。做这件事是有些困难，不过当时我感觉更多的，是说不出的愉快和欣慰。我想起我大学毕业的时候，李振声老师破例推荐我读研究生；说服系里让金理直升，只不过是重复了我的老师当年做过的事情。在这一点上，我想我还算李老师的像样学生。

我把金理推荐给陈思和老师，跟着陈老师开始了学术研究和文学批评的潜心修习与实践锻炼。因为我也是陈老师的学生，所以能够体会陈老师提供给金理的宽阔、自由同时又脚踏实地、具体细致地理解文学的氛围和方式。金理自己也足够用功上进，硕士阶段参加陈老师主持的现代文学社团史的课题，独立写出了一本《从兰社到〈现代〉》。这本著作自然有其本身的价值，这不用说；但对于一个有很强生长能力的人来说，不妨也可以看成是初起步时必要的学术训练。

我内心很高兴金理是这样一个能生长的人，到他读博士和在历史系做博士后研究阶段，几年来一直在做的“现代名教批判”，就显示出他对重要问题的敏锐、基本判断和持续用力来了。我想，一个人要在学术研究上做出一点贡献，是要抓住重要问题的，是要有基本判断的，还要有坚持不懈的努力，换句话说，得能长期吃重。金理对我说过，这个问题最初入手的缘起之一，是看我讨论鲁迅的论文，尤其是对“伪士当去，迷信可存”的分析，才逐渐想到要去考察近代以来名教风行的原因。其实我当年是受伊藤虎丸的启发。我参加金理的博士论文答辩，提醒他说：论文都是在一个方向上分析（章太炎、鲁迅、胡风），而在二十世纪以来的思想和文学中，名教批判的脉络不止这一脉，还有别的方向的批判。我有时候是会自以为是，提醒一下别人这儿那儿的，多数不仅被提醒的人没听进去，连我自己也一转身就忘了。没想到这个提醒被他记到了心里，这就是有心，能受。坏处是他得修改，补充，同时还会不断产生新的想法，导致这个题目他一直没有完成，一直在做。我现在倒是希望他能早点出版这部著作。

这些年来金理写了不少批评文章，为人注意也多是因为这些文章，《历史中诞生——1980 年代以来中国当代小说中的青年构形》和《同时代的见证》这两本书，可以看到他文学批评着力的方向，他自己已经把关心的重点表达得很清晰，我不必复述。我读金理的批评，也得到不少启发。譬如他最新写的一篇叶弥论，我想想，就觉得其中有些地方我没想到，写不出；他想到了，写出来，我都很有同感。金理现在被看成是八〇后批评家的一个代表吧，但我想，批评家不批评家不重要，代表不代表就更不重要了，重要的是自己能从批评实践中不断获得养料，促成自己的进一步成长。批评活动不仅是针对作家作品、读者、社会的，也是针对自我的，好的批评实践也是一个自我不断充实和提高的实践，这样批评才对自我有魅力，批评主体的不断成长才保证了批评的持久活力；否则，在批评必将越来越艰难的大小环境中，光是坚持，还远远不够。批评是件有意思的事，这首先得自己保证它有意思。

学术研究也是如此。学问往消耗、竭尽自身的方向走，不如往滋养、充实自身的方向走。因为金理正年轻，以后的路长，我说这样的话，不会全无意义吧。

我听张文江老师讲课，“上出”两个字，印象极深。也因为金理年轻路长，保持“上出”之志、之势、之热情和力量，也就更有意义了。但凡事落到实处，吃力，吃重，不急于求成，也是应有之义。

“上出”者是没有“成”的，因而才能不断“上出”。

拉杂写到这里，回头一看，满纸教书匠口吻，好为人师之病昭然。其实金理和我已成同事，已是学生喜欢的好老师。见证了一个人成长、成熟的内心喜悦，用文字表达出来，不免有些走形。还是赶紧打住。

二〇一三年五月十八日，复旦光华楼

《“通三统”——一种文学史实验》序

我初次读刘涛的文章，还是他念硕士生的时候，他学的是西方美学专业，却写了篇关于《随想录》的论文，参加了二〇〇五年巴金逝世几日后在嘉兴召开的第八届巴金国际学术研讨会。他的论文题为《巴金先生的真话、身体和疾病》，展开的是真话、身体和疾病之间的复杂关系，虽然略有些生涩，却尝试着去突破一般研究中一再重复的论述，给我印象很深。我就此认识了这个人，并且得知我们还是胶东同乡。

不知道为什么这本论文集没有收这篇文章，也许是成熟了，“悔其少作”？因为这篇文章的印象，所以刘涛读博士的时候转成了中国现当代文学专业，师从陈思和老师，在我想来就是顺理成章的事了。我们也很快就熟悉起来，有一些日子一起打打乒乓，他和我的一个学生张昭兵算是陪我活动一下；我刚起了兴头，却因为有人抗议影响了他们而撤掉了球桌。这活动未能持续是个遗憾，给我的回忆却是美好而生动的。

刘涛寡言少语，我也是，所以我很长时间也并不太清楚他读书用功的方向，从刊物上看到他的文章、访谈等等，总觉得是蓄积着的想法、愿望和活力在寻找各种形式的表达。直到参加他的博士论文答辩，我才多少有些明白他都干了些啥。我确实有点吃惊，没有想到他讨论的是晚清民初的思想文化，个人——家——国——天下体系的变迁。我读过一点章太炎、王国维、康有为、梁启超，但对这样的思想史问题，实在是没有发言权，对刘涛论述的那个东西说不上什么来；然而却因此对刘涛本人有了深一层的了解，大致上可知他的学术视野、思想重心、个人关切。我看他的论述，尤其是那些吃力、吃重的地方，反倒生出敬重的感受来。他未必能够做到处处圆通，却并不因此而回避困难，这是我觉得特别好的地方。

刘涛毕业后去了北京，我还是时不时会看到他的文章，但与过去有点不同的是，我多少能够感受到这些散乱的文章背后他的用心。日前他编成这本论文集让我写几句话，我以为他这个看起来有些“大”的书名，也正是那些看起来散乱的文章用心用力之所在，因而想起了前面所述的事。我自己虽然不用刘涛“通三统”的说法，但那个意思倒是一直在说的，即中国现代以来的传统，是我们最切近的传统，而且至今仍身在其中，观察、思考、论述今天的问题，脱离了这个，恐怕很多地方还是说不清楚。

二〇一三年五月十二日，复旦光华楼

《民国胭脂和她们的时代》序

这本书，讲的是几位中国现代女性，叙述人与事、生平与历史，着眼点在各个人如书名所示的方面。

按时下流行的说法，该称她们为“民国女子”。“民国”这两个字，这些年忽然被投射进巨大的热情和想象，灵敏如文化消费和娱乐产业，当然会抓住机会打造“时尚”。连“民国范”这样的词也出来了。何况还是“女子”，更何况“开风气之先”，哪里还会有比这更可利用的“八卦”资源。

眼前的这本书却不够“八卦”，这也正是我看重的一点。作者爬梳、整理材料，用畅达的语言叙述，不添枝加叶，不花哨，态度和方法是谨严慎重的。因为材料的丰富，人物的经历不凡，叙述娓娓有致，读起来又是非常吸引人。可信，又可读，结合得好，并非容易的事。

这些现代女性的“开风气之先”，还原到她们所处的时代和自身环境中，有丰富、复杂的信息传达出来。中国现代文化开始之初所标举的“人的发现”，具体下来的一项就是女性的发现，这里面既有时代的大推力，也有女性自身的探索实践，过程中的热情、艰难、挣扎、付出、成就、代价，都不可轻言。时代给她们推开了一道门，或者只是推开了一条门缝，后面的路还是要自己走的；后面也可能还有许多道门，靠她们自己去推开，或者推了，却推不开。

那个时代给了现代女性机会，但并没有给一个“黄金时代”；今天当然也不是“黄金时代”，但似乎却是随意褒贬和“八卦”前人的“黄金时代”，我们凭借自以为是的后见之明，对前人，想怎么说就怎么说，想说什么就说什么——可是，我们还是先多了解一点吧，即使做不到完全“同情地理解”，也还是要尽量多知道一点。

因为庄莹的书，我写了上面几句简单的话；也因为庄莹的书，我多知道了一点过去的事。

二〇一四年十月三日

《密林中》序

好多年以前，周嘉宁问过我对她小说的看法，我说，好。具体怎么说呢？没有下文。她大概觉得我这样回答太空洞，甚至是敷衍吧，至少很无趣。二〇〇八年，她送我《天空晴朗晴朗》，扉页上附了一句话："真希望你看完以后，除了'好'，还能说些别的！"

这次《密林中》要出书，她让我写篇短序，仿佛怕为难我似的，邮件里做了些解释。其实，她不知道，我很高兴写几句话，也趁机"能说些别的"。这些年我远远地看着她往前走，真是觉得，她比我当初说好的时候，写得更好了。

嘉宁当然不需要廉价的称赞，我也不必随口乱说。

说起来，周嘉宁写作的时间也不短了，似乎一直深陷在她这一代人的经验里面，这一代人的经验当然首先是个人的经验，想象和虚构也是基于这样的经验。读她的文字，会强烈地感受到文字和个人之间的关系。这种关系，才是写作发生、进行和持续的理由。我之所以要提出这一点，是因为有大量的写作，我们看不到和写作者之间有什么关系，看不到写作的必要性和启动点。倒不是说作品里面要有"我"，而是说，写作者和写作之间，不能不有或显或隐的联接，哪怕你写的是外星球。

也正是从这里，我理解了周嘉宁的深陷，沉溺，滞重，她不可能轻松地打发——或者换成被认为是正面的词，克服，超越，突破，也一样。沈从文曾经说，我一生写作，不知道什么叫突破。周嘉宁明显不是沈从文类型的作家，这意思却是相通的；只是这意思不容易明白，很多的写作都在追求突破，突破倒是大家都明白的。文字、语言、叙述，和生命经验之间的关系越是深切，越是不能轻快地飞起来。

但是，什么是经验呢？什么是这一代人的经验呢？什么是成长和变化过程中的个人的经验呢？却不是想写就写得出来的，即便在意识里，也远未到清晰明确的程度。文字、语言、叙述的吃力，就在这样的地方。阻碍，吃力，摩擦系数大，反过来也使得文字、语言、叙述露出它的筋骨，显出它的质地，锻炼了它的弹性，写作者无须表明她的不苟且，她的诚恳，她的烦恼和折磨，却都包含在语言和叙述中了。要说周嘉宁与很多同龄写作者不一样的地方，其中重要的方面，是她一直保持着这样的文学品质。也不是保持，似乎一开始是这样，就一直会这样，这样的一个写作者。

《密林中》这部长篇，在恋爱、成长、迷茫的生活等等这些经常出现在以往作品中的叙述之外，多出了一个年轻写作者的文学的自我意识和野心。这个叫阳阳的女性，置身于姑且称之为文艺生活的圈子，摄影师、作家、诗人、艺术家和艺术混混、热衷于艺术生活形式的男女，她与他们有或深或浅的交往和关系，问题是，她既置身/侧身其中，又神出其外。这样的生活方式或许能够帮助逃离对庸常生活的厌恶，从窒息的气氛中抽身出来大口呼吸，在放肆中表达愤怒、激情、执着，自我满足于与众不同，可是她又分明犀利地感受到了这种生活方式和圈子的空洞、无趣、粗暴背后的自私、激情过后的疲惫、才华消耗之时的难以为继，诸如此类。这还不是问题的核心，核心是，她自己——而不是她交往的那些男性艺术家——要成为她这一代人的表达者。她和共同起步写作的女性朋友讨论时说，她们要写出她们这未被写出的一代。她老是觉得自己这里那里有问题，可是不清楚自己的困境到底在哪。最后，才逐渐明白，她的巨大野心要求她直接面对世界，可是这个性别和世界之间，横亘着一个中介——当然就是男性这个中介。

跳出这个作品，我们自然容易有疑问，一个女性写作者为什么一定要男性这个中介才能面对世界？不过阳阳是一步一步走到这里，一点一点明白到这一层的，也许当她清楚了这个困境，这个困境就不再是困境了；也许，还仍然是。重要的是，这个作品描述出这么一个女性写作者孤立、敏感、任性、又羞怯又勇敢、又脆弱又坚韧的精神历程。

我想起《青年艺术家的肖像》，读到阳阳最初萌生要写出未被写出的一代这种自我要求的时候，就想起乔伊斯小说的主人公在作品结束的地方，仿佛喷薄而出的渴望："欢迎，哦，生活！我将百万次地去迎接现实的经验，在我的灵魂的作坊里去煅冶我这一类人尚未被创造出来的良知。"这是同一类型的野心，然而阳阳"灵魂的作坊"受困于"密林中"，"密林中"的生活当然也是生活，"密林中"的经验当然也是经验，不过"密林"也还是有走出来的通道，走出来之后也可能发现，"密林"之外更天宽地阔，"灵魂的作坊"可以敞开接受更天宽地阔的生活和经验，"煅冶"的资源更丰富而且源源不断。

周嘉宁送给我她新的短篇集《我是如何一步步毁掉我的生活

的》，我很喜欢这里面的小说，简洁，冷峻，有力，力量被压抑在里面；她又附上了一句话："但是生活最伟大。"没有跟嘉宁交流过，不知道她写这句话是什么意思；我愿意认为，写出这句话的周嘉宁，已经不同于这个短篇集的作者，也不同于"密林中"的阳阳。这个变化艰难地发生在"密林中"左冲右突之后，"密林中"的困境经验也就有了意义，不是白费的。帕慕克在一次访谈中说，他二十岁开始写作的时候，长辈作家会跟他谈生活，他反驳说，文学不是关于生活的，文学是关于文学的；四十年之后，他说，他们说的是对的，文学是关于生活的，好作家要经历很多——是的，生活最伟大。

二〇一五年九月九日

《于悦读中如痴如醉》序

如果你碰巧遇见了这本书，并且把它拿到了手里，你的第一个感受会不会是——怎么这么厚？书评集，读书记，你也见过一些，多是轻巧精致的，而这么重的东西——你又掂量了一下——时下倒是少有了；

你翻开了目录，涌到眼睛里那么多书名，作者名，你读过的和没有读过的，你知道的和不知道的，你接着的感受会不会是——怎么这么多？我数了一下，一共一百二十二篇短文，排了六页，基本上一篇谈一部作品，极少数是谈两部三部作品。奈保尔，五篇；库切，八篇；卡森·麦卡勒斯，三篇；马尔克斯，三篇；波拉尼奥，两篇——可就是在我写这篇短序之前一分钟，我刷微信朋友圈，这个作者谈波拉尼奥的一部《2666》，已经写到了第六篇——怎么这么多？

怎么这么厚，这么重，这么多？这本书的作者吴玫，是我的朋友，可就是朋友也不能不惊讶。前些日子她要我给她的一本读书随笔写个序，我满口应承，还以为就是一本精美闲散的小书，不费时间就可以读完的。等校样寄来，我吓了一跳。这一吓，吓得我认真起来，一篇一篇读完这本书，如入书林，如登书山，跟着朋友一步一步走了一长趟。长路下来，又累又兴奋，目不暇接，挺过瘾。

胡适好像在什么地方说过，中国人普遍的一个毛病是“胃口不好”。单就阅读论，吴玫的胃口实在太好了，津津有味，竟至于如痴如醉——如书名所示。她贪多，却也细嚼慢咽；尝新，又不忘旧，旧里也能品出新来。这个健康的胃，有巨大的吸收能力，消化能力。合口味的，自然反应以恰当的赞词，以会心的领悟变为自身的营养；不合口味的——你总会碰到你不喜欢的、甚至难以忍受的书——也可以吃吃看，提出意见，商量，乃至于抗议——这也见出她心直口快的性格，诚实地表达自己的感受。从营养来说，不合口味的，也很有可能变为营养；何况还有预料不到的情况，一开始不顺口，吃着吃着，倒吃出好来。阅读口味的丰富性，是需要阅读数量做基础的。有一个问题我经常碰到，可是没有一次我能够回答得让人满意，就是推荐书目。我固执地认为，没有大量的阅读为基础，好书也领受不到它的好。开个三五种、十几种、几十种长短不等的书单，其实是没有什么用的。

吴玫读书多，感受多，及时地写下来，其中的部分就成了眼前的这本书。这里，有两点特别值得提出来。

书的后记，第一句，“而今，已经年过半百。”这个年龄阶段的人，我也在其中，还有多少好奇心去阅读？即使读了，还有多少新鲜的感受产生出来？即使有，还有多大的兴致写下来，跟别人分享？华兹华斯感叹过，随着岁月的流逝，“美妙无比的灵视”变得越来越难以维持。可是读吴玫的文字，感受写下这些文字的人，就没法不惊奇，她怎么就没有染上普遍的中年症状呢——迟滞、疲惫、无感，等等；但你要说这些文字像年轻人写的，也不对，年轻人不太会有的经历、体会、想法也明显渗透其中，这个人比年轻时候丰富了却仍然没有失去敞开的心灵状态和感受能力，反倒比年轻时候更开阔，感受也更深了。这是一种多么好的状态！反正，我是挺羡慕的。

另一点是写作的及时，甚至是即时。阅读过程中的感受零零碎碎、模模糊糊、不断变化，如果不及时地记下来，很容易就消失了，再也找不回来。写读书随笔，其实也是保存、整理、深化自己的感受的不可替代的方式，写着写着，也可能写出你先前没有意识到的东西。这当然也是交流的方式，对话的方式。吴玫有这么一个好习惯，所以才积成了这么多保持着新鲜个人气息的文章。得知这个情况，我真地吃惊不小（我又一次表达这个意思）：从二〇〇九年三月到现在，她每周上传三篇文章到博客，书评，影评，音乐笔记，迄今已经有一千多篇。

读书，观影，听乐，以及把自己的感受写下来，这已经成了吴玫生活的重要内容。它们不是生活之外的，不是生活之余的，它们就是生活里面的生命活动。沉浸其中，真好。

十多年前，我写了一组关于读书的文章，在吴玫编的报纸阅读版上连载，她还特意请了一名中学生配图，这一系列文章后来变成一本小书，叫《读书这么好的事》，初版就采用了这组配图，保留下一个纪念。现在回想起来，吴玫对这组文章的认真和热情，其实不仅是因为编者和作者的关系，更是因为读书这件事，读书这种生命活动，在她那里自然而然地就产生出认真和热情。现在，她的《于悦读中如痴如醉》出版，我写几句简单的话在前面，也是读书联结的。序不宜长，就此打住，读者看她的书，才是正事。

二〇一五年十二月五日

《慢·话教育》序

杨士军将近年来关于教育的一些文章编集成书，让我写篇序。我哪里有这个资格？倒是借着这个机会，一篇篇读下来，受到不少启发，产生出一些感受和想法，与士军兄有所呼应。

教育是当代中国最受关注的领域之一，中学教育更是首当其冲。不同的人从各自的立场，议论、发言、诉求，有时达到众声喧哗的程度。不过，教育是安静的事业，人声鼎沸虽然可能触及问题，却并不能直接解决问题；面对复杂的局面，更加需要理性的分析和踏实的实践。来自社会各个方面的反应固然应该认真对待，却不能因此而忽略身处这个事业之中，承受着多种压力，体会着外人难以想象的甘苦的教育工作者的思考和努力。

杨士军一直任教于复旦附中，是一位优秀的教师，同时也是一位优秀的学校管理者，担任复旦附中的副校长和复旦二附中的校长，在长期的教育实践中积累了丰富的经验和有效的方法，更重要的是，逐渐形成了一些思想和理念。我特别想说的是，这些思想和理念，不是架空的、从外部来的，而是从实实在在的工作中生长出来的，并且能够落实到日常的教育实践中，产生实际的作用。

《慢·话教育》这本书，分“理解教育”、“理解学生”、“理解教师”三个部分。我觉得，“理解”这个词所蕴含的关系模式，真值得我们大家都好好想一想。无论是面对教育还是面对学生、教师，都不能自以为是，要从尊重教育本身的自主性和规律性，尊重学生和教师的主体性和发展可能性出发，从意识到还有未能理解的部分、因而需要进一步去理解的心态出发，一点一点体会，一步一步探索。这本书由一个一个具体的议题组成，这也正是恰当的“理解”方式：从具体问题思考和实践，而不是抽象、浮夸地高谈阔论。

杨士军说，“教育，请慢慢来。”我深以为然。在当下这个慢不下来的社会大环境中，要使教育“慢慢来”，恐怕是很难的。急躁症蔓延到各个领域，教育也无法完全避开这个集体的流行传染病。但教育确实是快不得的事情，人的成长是没法用强加的速度和效率来完成的。拔苗助长的故事谁都觉得可笑，可是我们自己就常常是拔苗助长的家长、老师、教育管理者。我们失去了最基本的耐心，急迫地置自然生长的规律和所需要的时间过程于不顾，匆匆忙忙地奔向——奔向哪里啊？

杨士军提出，教育要恢复人的天真。这个意见隐含的事实是，学生，本该还是在保有天真的年龄，可是天真已经过早地丧失了。我们那么急，就是急着要去掉儿童、少年身上的天真吗？就是急着要把本该生动活泼、拥有多种可能性和丰富潜力的生命变得循规蹈矩乃至没有冲动、没有兴致、没有趣味吗？在许许多多的成年人的意识里，不把天真当作生命本源的滋养，而是看成低级、幼稚的阶段和状态，看成需要加以克服和急于摆脱的阶段和状态，这才是很成问题的想法。所以杨士军温和但其实是很尖锐地问道：“恢复孩子们天真的教育，你我都能接受吗？你我为此都做好了准备吗？”

教育不是要把人引入到一个只能这样、不能那样的狭窄轨道上去，而是要给成长中的生命一个宽广的世界，让一个个生命充分、自由、多元地发展。杨士军在工作中“努力学生更宽广的教育”，许多具体的教育实践非常富有启发性。世界本来就是宽广的，人的心灵、精神，特别是成长中的心灵、精神，怎么可以被限制在单一而逼仄的空间呢？

教育的根本是“立人”，而不是培养工具——哪怕是高级的、精致的、好用的工具，当然更不是培养考试机器。在现行的教育体制下，从事教育的人有诸多苦衷和不得已之处，但就是在束缚的困局之中，仍然一直有教育工作者令人尊敬的坚持、探索、反省和思考。《慢·话教育》这本书，从教育实践中而来，也值得推荐给更多的关心教育、实践教育的人。

二〇一五年五月十二日

珍重和爱惜

龚静学姐，高我三级，读大学那会儿没有机会认识，等认识时，她已经是大学教师了；再后来，她回复旦中文系任教，我们成了同事。说说这么简单，却倏忽很多年过去了。读龚静的文章——时不时在报刊上，隔一阵结一本集子——也已经很多年。

她有一本随笔集《书·生》，取这么个名字是说，“原不过一介书生，在书中生长是再题中之义不过了。”我很喜欢这个意思，大致能体会她的体会。至少，我们曾经有过差不多的经验，在八十年代校园里成长过几年，只要提一下类似于复旦书亭、3108 教室这样的地方，就能产生出对上了暗号似的亲切。龚静说，那时候借书卡总要达到规定的上限——她还记得这个——当年，应该有不少同学为这个上限苦恼过；我记得，读研时，开心的一件事就是借书的上限提高了。她说，那时候情绪饱满，把激情投注阅读，“内心翻滚，却也是沉静的”，这翻滚与沉静，从我个人的同感来说，是十分恰切的描述。

由阅读而写作，自然就这么发生了。龚静所写，以散文随笔为主，二十多年下来，日月所积，蔚然可观。事实上，她不追求数量，给人的感觉是不紧不慢；不追求效果，就是按照自己的心性，以自己的笔调，写自己想写的文字。

我读龚静，特别感动于她对文字的珍重和爱惜。一个写作者，对文字没有尊重，没有感情，只知道用，乱用，滥用，粗暴地用，腐败地用，这样的情形，在今天早就屡见不鲜，甚至用得得意洋洋，理直气壮。没有跟龚静交流过这方面的意见，但我猜想，她一定会常常心痛。她下笔，是绝不会伤着文字的。她字斟句酌，是要文字本身舒服妥帖，要文字释放出本身的魅力。她不榨取文字。她通过文字来呈现，来表达，来传递，但她不会把个人的才华放在文字之上来凸显自己。

她在课堂上念汪曾祺的小说《陈小手》，讲熊秉明以简单的语言写成的朴素小诗，就是要让学生知道，有这样的汉语世界。她说得这么动情："一个个汉字前后左右地排队着，却成了一座宝塔，一条珠链，一团能量之气，让人眼睛发亮，心头通电，恰如一朵花那样开起来了。理性也会出来梳理感性，可是理性和感性一碰头，暗自惊艳的，热情沉淀成浓郁的体味，更懂了一点它的好，懂得了我们有好的文字是多么好的事情，我们还是有希望的。我们还是希望有希望的。"——最后这两句，透露出她是在什么意义上来珍爱文字的；也是在这个意义上，龚静把自己和把玩文字的人区分开来。

粗粗看上去，龚静的文章是平淡的，大概这么说也不算错；但是，也许是时代的口味过重，我们会忽略她文字里面的其实不平淡的内容。她表达得有分寸，用正常的语调说话，不会为了突出什么而提高声调，不会为了显示什么而架设聚光灯。她就是那么写了，别人看得出来看不出来，是另外的事。

最近她出了本新书，《遇见》，里面的文章篇幅比较长，写人、事、物，写过往的生命经验，也是她对待文字的态度一般，珍重和爱惜。她写《住过淮海坊》，写了邻居，写了电话间，写了理发店，写了弄堂口，写了很多很多，细致入微，一一珍念；可几乎没怎么写自己，偶有涉及，总是一两笔带过。你分明感受到文字背后个人的感情，但她表达得十分节制，她不会把自己放到中心。你说这是含蓄吧，也是，但也不是，要我说，我会说这是教养，是文明。《林下友仁》这篇，记跟林老师学古琴，龚静的文字就显出特别适当的蕴藉来；你很难想象用现在随处可见的表演性文字来写古琴名家，写学古琴的经历和体会。

《遇见》共收十四篇文章，篇篇耐看，不仅仅是因为篇幅长，"有散溢且从容且跌宕的风致"；更因为，在她的意识里，各种"遇见"，都与自己的生命发生关联，其感念真切入心。再用文字写下来，也即是经由写作来梳理自己和自己、自己和他人、自己和世界的关系，虽然点点滴滴，琐琐细细，却也关乎这么重要的事情。所以这文字于她，就是郑重的，也就值得她认真对待，反复推敲，值得她写了这么多年，还继续写下去。

前年夏天，中文系创意写作专业的几个老师，去墨尔本大学交流这个专业的教学情况，龚静的旅行箱比我们的略大，我帮她提了一下，出乎意料地重。女生带的东西多一点也正常，但那个重量让我心里吃惊不少。我自己的箱子，其实还装不满。这个印象之所以会特别强烈，是因为自此以后想到龚静的文章，就不由自主地想到我提了一下没有提起来的箱子。龚静的散文随笔，打一眼看上去似乎不会太重，她自己也不大说这个重，但仔细看，就能看出原先没有想到的重来。

二〇一六年六月二十五日

庄严接续，以息相吹

《笔会》有自己的历史和传统。历史和传统，说起来都是大词，但落实到一个具体的副刊身上，就鲜明生动起来了，而且庄严。不知道是不是因为我这个读者对《笔会》有感情，才用到庄严这个词；想想是几代人的努力——不仅是编者和作者，还有几代读者——成就了《笔会》的历史和传统，你说这接续的努力，是不是庄严？

在一百多年以来的中国，一个小东西——相对于社会和时代来说，副刊也是这样的小东西——要持续自己的历史和传统，是非常不容易的事；现在新东西愈发层出不穷，原有的东西说扔就扔了，说毁就毁了。让习惯于阅读《笔会》的人，不必担心会有那么一天，忽然发现它也没了。

《笔会》这个刊名里的“会”字，我自己喜欢把它解释成“以息相吹”，作者、编者、读者，各自独立，却并非个个孤立，不仅互相之间需要声息相通，还需要带进置身其中的广阔生活世界的声息。好文章各种各样，有各自独特的好，也有共通的好。这共通的好是什么，也说不死，从我的偏好来说，就是“会”，就是“以息相吹”，更通俗一点说，是有“风”。我写过这么几行，移来表达我喜欢读的文章：

风吹到句子之间
风吹词语
风吹到旷野和字的笔画之间

《笔会》创刊七十周年，希望也能接受这样言不及义的祝愿。

二〇一六年六月十五日

浩 荡 风 中 的 气 息

什么东西烂掉了

男人要把租住了四年的屋子转租出去，来了一对年轻男女，刚大学毕业。男人和他们唠叨，和他们分喝剩下的几瓶啤酒，然后拎着行李袋走了。新来的年轻人讨论那个酒鬼似的男人，他比他们大不了几岁，八〇后，四年前像他们一样来到深圳。屋子里有他落下的情书。他是不是得了什么绝症？两个年轻人坐在二手沙发上，黑暗中，女孩突然讲话了。“我觉得屋里那股怪味肯定不是海的味道，你仔细闻闻，女孩望着阳台外面初亮的灯火说，估计是什么东西烂掉了。”

这是毕亮的一篇小说，题目叫《消失》。那股一开始就弥漫在破旧转租屋里的怪味，不知道是什么东西散发出来的，却肯定是——“什么东西烂掉了”。

毕亮的小说，有时候就是这么残酷：他写怀抱着梦想赶赴深圳的人，却被梦想之地的现实生活一点一点击垮，写他们的走投无路、沮丧、绝望。他们的梦想没有多么大，只是普通人的梦想，甚至是卑微的，可是生活的挤压还是不会给这样的梦想一点点实现的空间。

毕亮的叙述，保持着冷静的距离，直面无望的失败者却克制着表达。读毕亮的小说，会感受一种自始至终绷紧的张力，这种张力的形成和保持，主要来自小说写出来的部分和那些被省略的部分、暗示的部分之间的对话关系。没有写出来的部分和写出来的部分同样重要，甚至更重要。

我年轻的时候读海明威，看他反反复复写喝酒，写无关紧要的对话，不明所以，却又觉得别有吸引力。后来读卡佛，就感受深了些。我偏爱不动声色的张力。我喜欢侦探小说家劳伦斯·布洛克的“马修·斯卡德系列”，恐怕也是出于这种偏爱。读毕亮的小说，让我联想到雷蒙德·卡佛小说中的那种特殊的张力。卡佛以极简主义的“减法”写那些被生活淹没了的人，他曾经说，“写一句表面上看起来无伤大雅的寒暄，并随之传递给读者冷彻骨髓的寒意，这是可以做到的。”

当然，毕亮的小说写的不都是绝望。但他无论写什么，他总是更感兴趣于生活表面之下的东西；然而他又不直接去描述表面之下的各种隐秘。他把文字大多用于描述表面发生的事情，却指向了隐秘的东西。他的指向是强烈的，却又不是明确的、清晰的。这些特征，不仅形成了毕亮小说特殊的叙述效果，更建造了他的文本结构：表面叙述之下，还有另一层次的存在。这另一层次的存在，也许你一直感受着它的存在；也许你平常根本感受不到它的存在，但在某个时刻，它会突然地令人猝不及防地显现出来。

这本小说集取其中一篇的题目命名，《在深圳》，我以为是个很有力的命名。在深圳，在各种各样关于深圳的大量文字传达给人们的信息之外，普通的人，个体的人，他们的生活和他们的内心，他们的疼痛和他们的挫败，他们的变化，生活给他们带来的东西和生活从他们的生命中带走的东西，烂掉的，消失的——叙述这些被其他的叙述所忽略、所排斥、所压抑的，不正是文学存在的意义吗？所以，《在深圳》，是文学的在深圳。

二〇一三年十月十五日

浩荡风中的气息

很感谢迟子建，要不是她推荐，我极有可能错过与这样一个世界相遇的机会。一旦嗅到这个世界的气息，就很难不被它激起久违的感受——我刚写出这句话，马上惊觉，用的那个“嗅”字，正是受了这个世界的影响：已经退化了的感官能力，打了个激灵。当然我不会夸张说，一个文字叙述的世界能够恢复我们萎缩了的器官和功能；然而，如同久在拥挤、憋闷、窒息的狭窄环境里，猛然呼吸到一大口清冽的空气，不能不意识到外面有宽阔的天地，有浩荡的风。这也是让人难抑兴奋的。

这个世界是蒙古族作家格日勒其木格·黑鹤带来的，他的作品集《狼獾河》（人民文学出版社，二〇一四年）写森林和草原的动物，写放牧和狩猎的人，这些生命处于丛林荒野和人化的土地之间，这样的生存空间和生存方式——不论对于动物，还是人——早就开始了日渐消亡的过程，难以逆转，但黑鹤的作品并不给人以挽歌式的末路哀凄之感，反倒是呈现出虽然严酷，却生气鼓荡、生命庄严的景象。

给黑鹤的作品贴上标签大概不太难，不过对我来说就有点难。因为我在阅读过程中，总是被在我的知识和想象之外的东西所吸引和打动。像我这样的读者——我猜想，大部分读者也和我差不多——对于我们自己之外的遥远的生活世界，最多只有一鳞半爪的知识和模糊不清的想象，想象中可能多有浪漫的热情，或者相反，也可能带着怀疑和排斥的偏见。当我们与这个实打实的世界相遇，最好还是放下先见，从具体的、细致入微的地方感受这个世界，然后才可能理解和进入这个世界。

譬如这样的事情：一头驯鹿刚生下来的时候，母鹿猛然受到野兽的惊吓，扔下小鹿不管，独自跑回营地。读到这样的叙述，我有点惊讶。接下去有解释，母鹿对小鹿的爱意遭受干扰莫名其妙地消失时，它会认定自己的孩子变成了鬼魂附体的怪兽。这是人的想象性解释，无法从母鹿那里得到确证；但是再往后的事情基本可以确认：人把小鹿抱回营地，小鹿沾染了人的气味，母鹿因此而不相信这是自己的孩子。有经验的老人抓起母鹿在上面排过尿液的泥土，在小鹿的皮毛上揉搓，小鹿也就带上了母鹿的气味。在老人舒缓的古老歌谣声中，终于出现了母鹿和小鹿相认相亲的温暖一幕。这件事情出现在《狼獾河》的开始部分，不是这篇作品的主要内容，可是，就是这么一件在丛林古老营地里平常不过的小事，却包含了惊心动魄的转折过程；这个一再转折的过程，其实是隐秘的，蕴藏的信息又是那么丰富、微妙，倘若不是写出来，外人如我如你，又怎么会懂得。

所以我很在意这些我不知道、也没有想象到的东西——忍不住再举一个例子：在丛林里，把食指在口里含一下，举起来，就能测出风向——我在意这些，是出于对细节的爱好，对知识的兴趣，对特殊环境下生活能力的好奇，是把黑鹤作品当成丛林和草原生活的指南？不，虽然这些方面都有意思，但核心不在这里。我想起我祖父一辈的人，还习惯于出门抬头看天，他们由此感知天气的丰富信息；我们早就没有抬头看天的习惯了，取而代之的是看天气预报。我们慢慢丧失了在天地之间直接感受天地之间的信息的能力——事实上，我们也并不感觉我们是生活在天地之间，而是生活在楼群之间，人群之间，今天更清楚了，我们生活在海量的谁也说不清是第多少手的信息之间。我说黑鹤的作品生气鼓荡，这生气，即是与天地自然不隔的，是直接的——直接，这在我们的生活中是多么稀罕的感知方式。

这部作品集包含了七个作品，除了用作书名的一篇，还有《犴》、《叼狼》、《黑夜之王》、《黄昏夜莺》、《巨狼》、《狼谷炊烟》，北方幽深的密林或旷远的草原为宏阔的场景，其间活动着一个或几个孤单的人，活动着不同种类的动物。动物是个太过于笼统的称呼，即使粗略地按照驯化的程度来划分，大致也可以分成驯化程度较深的、半驯化的、完全未经驯化的。人与不同类型的动物之间会发生不同的关系，这些不同类型的动物之间也不断发生各种关系。

黑鹤常常写到蒙古牧羊犬，从久远的年代人类就豢养这种强悍的猛犬，人既要驯化它，又要保持它凶猛的野性，它的血液里也就隐伏着祖先的遗存。它变成了人的朋友，却没有退化成人的宠物。牧羊犬不免要与来自丛林或荒野的猛兽遭遇、搏斗，自然也就会有惨烈的景象。黑鹤擅长写也喜欢写这种激烈的拼杀，过程起伏波折，令人惊叹。但也有例外的情况：在《巨狼》这篇里，前面重点详细叙述的牧羊犬索尧，它的死，却只用一句话交代。索尧与巨狼相斗的过程本来应该浓墨重彩，作品却把这个事件的发生放在人熟睡的晚上，只是醒来看见索尧的整个脖子被扯烂了。我很意外阅读期待的落空，但就是这个落空，让我感到作品叙述的真实。我说的真实，主要是指不把这种生活浪漫化。一个从千里之外奔赴草原的外来者，年轻的女孩子，面对索尧的尸体，问："这就是草原，是吗？"——是的，这就是草原。

来自丛林和荒野的猛兽，对人驯养的动物和人本身都带来危害，受到损失的人猎杀它们也顺理成章，但在黑鹤的几个作品里，出现了类似的选择：放弃了本可以成功猎杀的机会。这种放弃使得通常的猎人与猎物之间的关系发生了变化：一般被当成猎物的，在这里不是猎物，而是那个具体生动的丛林或荒野猛兽，人和这个具体的生命之间的关系不是简单的，其间甚至有人自己也觉察不到、觉察到了也说不清楚的含混感情牵系，这是一层意思；还有一层，即这只或那只具体的丛林或荒野猛兽又是抽象的，它是它自身，更是它所来自的丛林或荒野本身。它的力量也是丛林的力量，荒野的力量，对它的敬畏更是对丛林和荒野的敬畏。

黑鹤的作品主要被当成儿童文学被阅读、认识，其实这是太狭隘了。是不是成人比儿童感官退化得更厉害，感受不到这文字携带来的我们日常生活之外的那个世界的气息？森林和草原浩荡的风送来这气息，当它越过漫漫长途到达我们庸常杂乱的生活世界的时候，它的力量不可避免地减弱了，甚至可能完全消失于无形？或者，我们也有可能调动一下我们并未完全坏死的感官，去听风，闻风，看风——我想起我那么喜欢、时不时默念的话："野马也，尘埃也，生物之以息相吹也。"

二〇一四年十月二日

身体里的萨吾尔登

红柯的小说《少女萨吾尔登》（北京十月文艺出版社，二〇一五年）让我想到这样的问题：人人共同置身于现实世界中，可是人和人为什么会不同。

这个现实世界大于我们，强于我们，先于我们，平凡如你我，似乎只能按照现实世界的逻辑、规则、引导、暗示来处理人事，对待自我。修理工周健，他的女朋友张海燕，周健的叔叔周志杰和婶婶金花，也都是你我这样的普通人，他们似乎也只能活得和我们差不多，活得和大家差不多。况且他们又生活在一个历史特别深、文化特别厚的关中，风俗人情、日常交往、一言一行，都讲究着呢。

刚开始读这部小说的时候，我很担心红柯就写了这样一个大家活得差不多的现实世界。小说开始部分的日常现实让我疑惑，原来的红柯不见了？读下去，慢慢与原来的他接上了。而且，当原来的红柯再次出现的时候，比以往更加坚实。红柯带着他笔下的另一个世界进入到我们日常的现实中，让这另一个世界在这个庸常的现实中发挥了作用。比起以往，他把另一个世界描述成在我们的庸常现实之外的遥远的存在，超离世俗，不怎么和这个庸常的现实发生实际的关系，这一次，是大大不同了，他把它带进来，带进普通人的生命和生活中，带进他们的言行举止之中，带进他们的选择和存在之中，带进庸常、凡俗、世故之中，在我们这个现实世界中考验它的力量，考验它的光辉。这也就是我说更加坚实的所指。

这另一个世界的代表，核心意象是萨吾尔登，新疆卫拉特蒙古族古老的舞蹈，这种舞蹈的顶峰是巴音布鲁克草原的卫拉特土尔扈特的少女萨吾尔登。古歌《大月氏歌》和《我的母亲》也在这个核心圈内。这种舞蹈的诞生与土尔扈特人的灾难连在一起的，是从绝望中迸发出的力量和形式，是超越苦难的爱的力量和形式。金花婶婶跳少女萨吾尔登，没有草原人血脉的我们一般也乐于承认，萨吾尔登是草原人的精神家园；但是我们难以想到，金花婶婶会说，萨吾尔登也是你的精神家园。在现实世界中挫折不断的周志杰叔叔，就体会、承接和依靠了金花婶婶的少女萨吾尔登带给他的精神力量。

这是不是过于浪漫了？是不是有点痴人说梦？现在不是古代，这里也不是伊犁河谷不是巴音布鲁克大草原，可是小说有耐心，写了周志杰的女儿周晶晶给妈妈田晓蕾跳了十二种萨吾尔登，每天跳一种，跳了十二天，一天一天地写。张海燕跟金花婶婶学萨吾尔登，一直到少女萨吾尔登在她身上“成熟”了，小说又耐心地写春天的十二个夜晚，张海燕给伤残的周健跳十二种萨吾尔登，最后跳起少女萨吾尔登，用舞姿告诉周健，生命里的每个时刻都能回荡着这种舞蹈。

张海燕跟金花婶婶不同，她没有草原血统，也没在新疆生活过，她就是在陕西这么个有历史有文化的地方长大的女孩子，可她还是能够从庸常和世故的束缚中舒展开身体和心灵，感受和传导萨吾尔登带来的自由和爱的力量。萨吾尔登不说教，当我们用精神家园、爱这样的词来描述它的时候，已经非常勉强了。它是直接从身体和心灵来感受来散发的，又因为它是从苦难和绝境中诞生的，根子上就拒绝了轻浮和虚幻的浪漫，所以它才能产生出真实的、直面挫折艰难的力量。

看起来人人置身于共同的现实世界之中，可是人和人还是会活得不一样。不一样的人，找到了不一样的力量。我一直喜欢读红柯的小说，他会描述不同于我们的日常现实世界的另一个世界里的东西；这一次，他更进一步，把另一个世界里的东西带进了日常的现实世界中。

二〇一五年一月八日

生长的缓慢

生长的缓慢与长成后的精彩

题目说的是树。我喜欢树，所有的树。少年时代，曾经站在山顶，想象自己会站成一棵树。这个念头是怎么冒出来的，一直没有搞清楚；现在想起这个念头，还有点儿惊讶。成年以后，我一直想写一本书，名字就叫《树》。我知道自己写不出来，一直就知道，但直到现在还觉得这是一个美好的愿望，一个吸引力从未衰退的愿望。作为补偿，我积累了不少别人关于树的文字，有时候只是一些片言只语，也弥足珍贵。

我没有见过特殊的树。因为没有哪一棵树不是特殊的。千奇百怪的树固然特殊，普普通通的树也自有其特殊。而且，越是普通的树，其各自的特殊也就越沉静，沉静到你以为不存在的程度。普通的树很容易做到这一点，人就难；普通人还不是那么难，不普通的人就难乎其难。

我出生的时候，父母随手在房前插了一棵柳枝。我还没到上学的年龄，柳枝就长成了一棵大柳树。柳树长得不够缓慢，但柳树长成后也自有它的精彩。

“生长的缓慢与长成后的精彩，为树这种植物增添了一层神圣感”——这句话是J. R. R. 托尔金说的，他认为马是最高贵的动物，而树则是最高贵的植物。

“生长的缓慢”很有意思。我有时候会在课堂上对急着成长的学生们讲，你们看看窗外的那棵树，你今天看是这个样子，明天看还是这个样子，甚至你去年看的时候它也是这个样子，好像就没有生长一样。可是它每时每刻都在生长。“生长的缓慢”让树具有了艺术家的气质，当然是里尔克所说意义上的艺术家。想到里尔克的话，感觉前面这句话还是不妥，树其实是不在乎什么艺术家的，当然也不会向艺术家气质靠拢，倒是艺术家应该向树学习：“不能计算时间，年月都无效，就是十年有时也等于虚无。艺术家是：不算，不数；像树木似的成熟，不勉强挤它的汁液，满怀信心地立在春日的暴风雨中，也不担心后边没有夏天来到。夏天终归是会来的。但它只向着忍耐的人们走来；他们在这里，好像永恒总在他们面前，无忧无虑地寂静而广大。”

我们看不到树身里面汁浆的流动，看不到生命内部没有止息的运行。我读过丁尼生的诗，写到树浆。丁尼生早期的作品里有一首《三姊妹之歌》，写三姊妹在苹果树下歌唱。我不在意金苹果作为西方智慧象征的意象，而为歌唱增强树的汁液流动这个想象所打动：

音乐催生三倍的花朵；
每当新的花蕾绽放，
音乐使树液三倍地流淌，
从树根，
在黑暗中被汲取，
直达果实，

在芳香的树皮下蜿蜒而上，
流动的黄金，彻头彻尾的甜蜜。

T. S. 艾略特注意到了这首丁尼生自己从早期作品集中删除的诗，虽然说他更注意的是音韵，但保不住这个想象也给他留下了印象。他的《大教堂凶杀案》里面有一句——倘若跟丁尼生没有关系，那就是他们想到一块儿去了："果园里的情爱/ 也让液汁升上树端。"

有人愿意想象扎进黑暗里的树根，有人仰望树巅——树的向上，升华了地面的喧嚷。树叶，树枝，树干。老树，小树，盛年的树。有一个老人面对被砍断的一棵大树流下了眼泪；有一个孩子看着被狂风连根拔起的树睁大了惊恐的眼睛。威廉·布莱克写过《一棵毒树》，穆旦晚年诅咒那棵以他的苦汁为营养的智慧之树。我说过，我喜欢所有的树，包括《一棵毒树》和穆旦诅咒的智慧之树。

前年年末，我在常熟参加一个讨论谷川俊太郎诗歌的小活动，八十高龄的老诗人酒桌上一杯接一杯喝白酒，我特意敬他一杯，不过我没有告诉他是因为树，他有好多首诗写树。

因为喜欢树，所以连树的影子也喜欢。我写了一首《树影》：

晴空下树的影子
和树一起构成树
树影是树的抽象形式
树影是树的艺术形式
树影也是树坚实的形式
舒展在道路上的树影
人踏过，车驶过，谣言玷污过

丝毫无伤

暗夜中的树影
回流进树身
于是　树影充盈着树
树变成了树影

我写得不好，但树影是好的。

二〇一三年四月三日

嬉皮笑脸面对，人生的难

在我二十岁左右的年纪，有一天晚饭后校园里闲逛，走到3108教室窗口，看见里面挤满了人，听一个流行音乐的讲座。这样的情景在我的大学时代没有什么特殊，几乎天天晚上3108都是这样，讲座的内容从西方哲学、艺术，到过去不久的“文革”，到其时正兴的“文化热”，到诗歌朗诵，流动的盛宴一般。就在我毫不为意地要走过去的时候，窗口传出录音机里的歌声：

我是一个爱情的少尉
我前来攻占你心中的堡垒

这个特别的声音，阻止了我的脚步。从此我记住了这个人的名字：李宗盛。

那个时候怎么会想到，我听这个人的歌，会听到今天，听了将近三十年。而他自己，到现在写歌的历史，已经过了三十年。

该感慨一句我们都老了吗？是，确实是；但也不是，因为，“心里活着的还是那个年轻人”；然而还得说，是，因为毕竟不全是那个年轻人了。

二〇一四年我去了“既然青春留不住”的演唱会现场。一直坐在看台上没有站起来过，心情基本平静，不起波澜。多少年来，这些歌都听得太熟了，熟得像是亲人。青丝白发间杂的小李讲《漂洋过海来看你》的青春本事，也早已可以轻松地自嘲，而未曾发生下去的爱情依然温暖感人。

李宗盛最新的歌《山丘》，二〇一三年写的，五十五岁，回看人生，自我总结，沉郁却也开朗，痛惜而又无悔。过到了中年的我，听这首歌，多有呼应，偶有商量。

“想说却还没说的还很多/ 攒着是因为想写成歌/ 让人轻轻地唱着淡淡地记着/ 就算终于忘了也值了”。把“想说”的变成歌，这个“想说”很重要。我们现在谈流行音乐，“生产”早就是个惯用的词了，“生产”的基础是什么呢？今天我们说到学术研究，甚至也说“学术生产”了。如果没有自己真正“想说”的，不论是写歌，写小说、散文、诗，还是写学术论文，都算是瞎扯吧。“想说”是从哪里来的？是什么产生了让人“想说”的冲动？李宗盛想说的，都来自他的生活，经验，体会，他不会凭空变出一首歌来。我想想为什么李宗盛的歌可以听这么多年，一个重要的原因就是他贴着生命经验来说，来唱，他不回避生活中的麻烦、困难、挫败，他实实在在地表达，不虚饰，不凌空，不高蹈。歌是这样转化而来的，有来处。这个瓦斯行老板的儿子从送瓦斯走来，一直知道自己是谁，从哪里来。写歌、唱歌当然需要技艺，做了那么多年的制作人，那么成功的制作人，岂能不知技艺的重要，但最重要的前提，还是有想说的话，想叙述的故事，想表达的感受。

第二个我想说的词是“攒着”。生命经验的积累和储蓄，表达冲动的延迟和发酵，时间的沉淀和淘洗——不是大干快上，不是急吼吼。“攒着”是原始的积累财富的行为和习惯，土，笨，慢，现代社会早就训练了借贷、融资、杠杆等等新的思维和做事方法，这样的思维和方法也早就超出了经济和金融领域，改变着日常的行为和习惯。所以，在现今的创作中看到经验的借贷、融资、杠杆，甚至看到空手套白狼，也没有什么大惊小怪。不过，我还是喜欢把“攒着”的话慢慢转化成歌的那种歌。

另外再补充一句，“攒”其实也是一种技艺，通过一定的时间长度才能日臻成熟的技艺。

“说不定我一生涓滴意念侥幸汇成河/然后我俩各自一端/望着大河弯弯终于敢放胆/嬉皮笑脸面对/人生的难。”平凡人的“意念”是涓涓滴滴，但他对“意念”诚恳，努力不懈，终于成流，而且是“大河弯弯”。要说李宗盛骄傲吧，他也真是骄傲，写歌三十年，也有了这个资格。但这个骄傲也是平凡人的骄傲，“说不定”和“侥幸”是平凡人的心理和口吻，有平凡人的兢惕、孜孜以求和心存感念。要是我多说一句，我会说，也只有平凡人的骄傲，才是真正可敬的骄傲，他的骄傲从涓滴开始，是累积的，是踏实的。回到前面说的贴着生活表达，贴，其实也是天分，所以贴着生活真是可以骄傲的；表达而恰如其分，这分寸，平凡人是讲究的，不拔高，不过度，不摆谱，何尝不也是一种骄傲。

“嬉皮笑脸面对/人生的难”，是我最喜欢的一句。你得经历多少，你得积存多少，你得明白多少，才能做到“嬉皮笑脸面对/人生的难”。在这个世界上活到一定岁数，“人生实难”自有深切的体会，有这个体会不难，哪一个中年人，哪一个中年以后的人，没有体会呢？可是，光有这个还不够，还得有个怎么面对的方式。这个方式也不是从道理上学来的，而是一个人从经验里面炼成的。

前几年，三个老男人和一个相对年轻的男人——罗大佑、李宗盛、周华健、张震岳——组成纵贯线巡演，二〇一〇年一月台北最后一场四个人唱《归来》，触动我的一句是“喜欢自己现在的模样/心里有老茧脸上有风霜”——这个“喜欢”，与“嬉皮笑脸”通。

“也许我们从未成熟还没能晓得就快要老了/尽管心里活着的还是那个年轻人/因为不安而频频回首/无知地索求羞耻于求救/不知疲倦地翻越每一个山丘。”过了年轻时代，不是年轻从生命中消失了，而是包含在现在的生命里，从外表看它不在了，可是它真的还在，这就是心里还活着年轻人。我不太会把“尽管”这个词用在这里，我想说的是，快要老了，心里还活着年轻人，这就是现在这个年龄的好啊。既快要老了，又年轻，比单纯的年轻好；也比仅仅是快要老了好。

“羞耻于求救”，年轻时候或许只是出于自尊，但经历多了，年纪渐老，就会越来越明白，在根本问题上，只能自己去解决，把自己该对自己承担的责任推给别人或者期望于别人，是逃避，没有另外的人能从根本上“救”了你。“救”对应于严重的危机，但经历多了，你就发现，年轻时候夸张为危机的，其实很可能不是什么危机，没有什么大不了的。这也是快要老了的好——经过了，就不怕了。

“越过山丘虽然已白了头/喋喋不休时不我予的哀愁/还未如愿见着不朽/就把自己先搞丢/越过山丘才发现无人等候/喋喋不休再也唤不回温柔/为何记不得上一次是谁给的拥抱/在什么时候。”其实“时不我予”这样的牢骚、哀叹、愁苦，是不必的；“不朽”的愿望，也想多了。“把自己先搞丢”倒是常见，原因各种各样，形式五花八门。“越过山丘才发现无人等候”——这怎么说呢，太戏剧化了：本不必期望有人等候。当你翻越了一座又一座山丘的时候，你早就发现，遇见的人越来越少，更不要说等候；即便如此，这里也应该没有失落。

“我没有刻意隐藏也无意让你感伤/多少次我们无醉不欢/咒骂人生太短唏嘘相见恨晚/让女人把妆哭花了也不管/遗憾我们从未成熟还没能晓得就已经老了/尽力却仍不明白/身边的年轻人/给自己随便找个理由/向情爱的挑逗命运的左右/不自量力地还手直至死方休。”至此我们明白，这个“我们”是互相见证生命历程的老友，歌是老友之间的絮叨，谈心，随意而坦诚，共同回顾，彼此激励。在生命的每一个时期，或许都有伙伴称为“我们”，三波九折之后，岁月迁移之后，年轻时代的“我们”到五十岁之后还能称为“我们”，这样的人不会太多。老友渐老，还能互相见证生命的“从未成熟”，呼应着向命运“不自量力地还手”，实为至福。还有，这个时候还说自己“从未成熟”，里面也有很大的骄傲，也是“放胆”。

李宗盛唱歌，每一个字都很清楚，有人会说这不过只是个人发音的习惯和特性使然；我不完全认同。可是，即便只是习惯和特性，也表明，每个字在他心里都很重，他不肯模糊，不愿含混，不会滑过去。他唱歌也像写歌，一个字一个字都郑重，他有篇短文叫《笔》，里面说，“我写字极慢同时稍嫌太用力。以至于有时能听见笔尖划过纸的声音。另外我也特别的依赖、迷恋 0.5HB 的铅笔芯辗转于纸张的感觉。那种粗糙、迟钝、确实接触，好像要把写的每一个字都种在纸上一般。”对生命经验中的点点滴滴，他也是这样吧；对自己意愿的点点滴滴，他也是这样吧。“涓滴意念”汇成河，当然不会是靠“侥幸”。

二十三年前，我写过一篇短文《总是平白无故的，难过起来》，谈李宗盛的歌；过了这么长的时间，还能再谈他的歌，满怀平静的喜悦。时间是个贼，李宗盛疏泄怨气时说，它会偷光你的选择。但时间流逝，它冲刷了你考验了你也成就了你，馈赠你只有时间才能给予的骄傲。纵贯线有一场，罗大佑演唱最初的老歌之前，说了一句：三十多年前写的歌，不知道还能不能听——旋律响起，紧跟着是满场的掌声。

二〇一四年六月十三日

感言三篇

一

文学源远流长，但是现代汉语文学的历史只有一百年。这一百年的历史到了今天，就是我们自己的最近的文学传统。最近，却不一定最亲。可是，不论是亲近还是冷淡，也不管承认还是不承认，意识到还是没意识到，我们都是现代文学传统的承受者。我们需要对于自身的这个来路、这个传统有一点感受、有一点自觉。

现代文学传统不是固定的东西，不是一个或几个概念可以标示清楚，不是一种或几种理论可以阐释明白。它需要我们去触摸、去感受、去体会。

不要害怕这个传统会掩盖和压制我们的创造性。现代文学传统到底是不是有价值，有多大的价值，不仅看这个传统本身，还看我们有没有足够的力量去把这个传统激活，从里面发现有价值的部分。这不仅是考验传统，更是考验我们，考验我们自己的力量，包括我们自己的创造力。有创造力才能够把这个传统激活，才能够从这个传统里面发现持续地支持不断创造的资源。

我描述中国当代文学中沈从文传统的回响，有上面所说的这个思想背景在；但这只是描述了其中的个案，其中的一条脉络。这方面可以做的工作还很多。

感谢以现代文学传统的一个创造者命名的当代文学奖，对这项工作的鼓励。

第六届鲁迅文学奖获奖感言

二〇一四年八月

二

一本书，如果有幸获得机构方面授予的荣誉，我想象不出，还有什么比来自图书馆的更亲切，更自然；如果书有知觉，图书馆给它的荣誉，一定会让它感受到那种在一个大家庭里得到表扬的喜悦和羞涩。

图书馆是由无数的书组成的大家庭，这个大家庭担负着积聚、保存、传播人类的记忆和历史、经验和智慧、文化和文明的使命。《沈从文的后半生》（广西师大出版社理想国，二〇一四年）所叙述的，是在时代的剧烈变动中，一个弱小个人的全力挣扎，一个平凡生命以柔弱的方式显现的强大勇气和信心，而他的挣扎、勇气和信心，都来自于这个人对我们这个民族在长长的年份中所创造的历史文化的庄严“有情”和深沉的爱。他重新安身立命，沉浸于历史的事业，文明的事业。今人和后人通过他的后半生，不仅仅只是看到个人被动遭受的命运，更能体会到一个知识者在毁坏文化、摧残文明年代里的艰难抗争——我特别要强调，这种抗争的力量是文化的力量，文明的力量。从这个意义上完全可以说，他的事业通向图书馆的事业。

国家图书馆把第十届文津图书奖颁发给《沈从文的后半生》这本书，我由衷地感谢；我感受到了文化和文明的不同形式之间的真诚呼应、真实回响，在文化和文明从未停止受到挑战和考验的漫漫时间流程中，这样的呼应和回响有助于我们保持住对文明事业的信心。谢谢大家！

国家图书馆第十届文津图书奖获奖感言

二〇一五年四月二十三日

三

我很荣幸能够与我非常尊敬的邵燕祥先生、阿来先生一起获得在场主义散文奖的这一个奖项。邵先生的《一个戴灰帽子的人》、阿来先生的《瞻对》和我写的《沈从文的后半生》，三部作品风格不同，但三部作品都是重返历史现场，叙述历史中个人、地方、民族的复杂遭遇。我想强调的是，回到历史并不只是要讲过去的故事，而是要把历史从过去带到现在，带进现实中来，让历史在现实中在场。没有历史在场的现实是轻浮的，甚至是不真实的。

我写沈从文的后半生，不只是讲一个人遭受时代摧残、令人唏嘘不已的受苦受难的经历，时代强加给他和几代人受苦受难者的身份，可是他在这个强加的身份之外，自己给自己创造了一个身份。他从更为长久的历史文化传统中找到了支撑自己的力量，把自己对历史文化长河的倾心，化为日复一日的艰难的工作，在杂文物研究和物质文化史的抒写中，在绝境中，重新成就了安身立命的事业。

在眉山举行颁奖活动，我们很自然地会想到这个地方诞生的伟大文学家苏东坡。沈从文下放湖北，居无定所，拖着老病的身躯被迫不断迁移，一次在卡车上，他想起了苏东坡的被贬，他羡慕苏东坡谪海南的途中，还能在赣州游八镜台，饮酒赋诗；移黄州，也能邀客游赤壁，写成前后《赤壁赋》，以及“大江东去，浪淘尽，千古风流人物”。沈从文没有苏东坡那么从容，洒脱，他对改行之后的文物研究再次被迫中断，心急如焚，念念不忘，执着地想把这个事业作为他留给后代的礼物。他“从文字保留下来的东东西西”，一如苏东坡“从文字保留下来的东东西西”，成为“联接历史沟通人我的工具”。他们都是给后代留下了礼物的人。如何接受礼物，如何理解留下礼物的人，是对我们以及更后的后代的考验。

第六届在场主义散文奖获奖感言

二〇一五年八月二十日